隠り世の姦獄

沙野風結子
FUYUKO SANO presents

ガッシュ文庫
KAIOHSHA

イラスト／笠井あゆみ

CONTENTS

隠り世の姦獄 …… 5
あとがき …… 252

本作品の内容はすべてフィクションです。
実在の人物・地名・団体・事件などとは一切関係ありません。

序

自分を覗《のぞ》きこみながら、誰《だれ》かが泣いている。

しかし網膜はもうずいぶんと闇に喰《く》い荒らされてしまい、その顔はよく見えない。ただ、とてもよく知っている相手なのはわかった。

滂沱《ぼうだ》の涙が痛々しくて、手を伸ばして頬《ほお》を拭《ぬぐ》ってやろうとするけれども腕はすでに闇に呑《の》まれてしまったらしい。手指の感覚がまったくない。

もどかしい焦燥感に駆られながら、なんとかその人を慰めようと目の輪郭をやわらげてみせる。

「……、……」

狭《せば》まる視界のなかで、懸命に口が動く。

耳いっぱいに詰まった無音に阻まれて、その声は聞こえない。

それでも気持ちは届いていると伝えたくて、瞼《まぶた》で頷《うなず》いた。

頷いたら、もう目を開けられなくなった——。

一

開かなかったはずの目がゆらりと開く。

開いたとたんに浅い二重の目からこめかみへと、ぬるい水が流れた。長い睫《まつげ》に涙が絡む。しばしぼんやりと、蛍光灯の弱い光に照らされた縦長の天井を見詰める。

夢を見ていた。子供のころから繰り返し見ている、なにかの断片のような夢だ。昔はどうすれば見ないですむか必死に考えていた悪夢を、いまはむしろみずから手繰《たぐ》り寄せている。

救いでも求めるかのように。

あの夢よりも、この現実のほうがよほど悪夢だった。

心身を削《そ》がれる絶望感とともに、萱野納《かやのおさむ》は常に痛々しく腫《は》れているように見える唇をきつく噛《か》み締める。

ここは東京拘置所、死刑囚舎房だ。

一年も、この狭い天井と向き合っている。


「萱野、運動の時間だ」

刑務官に引き立てられて単独房から出る。

冬場は週に三回、夏場は週に二回、こうして拘置所の屋上にある運動場に連れ出される。運動場といっても、横二メートル、縦五メートルほどに区切られた空間だ。周囲は高い目隠しフェンスに囲まれていて、街並みはいっさい見えない。

春先の風はまだ冷たく、萱野はスウェットの下で骨張った身体《からだ》を震わせた。顔をなかば隠す髪はもつれている。死刑囚は服装も髪型も自由だが、その自由にはなんの意味もなかった。

運動用の縄跳びの紐《ひも》をだらりと垂らして、萱野は力なく仰向く。二重の金網で細切れに分断された空。その空には雲の薄膜がかかり、太陽は暈《かさ》を被っている。

——雨が降りそうだな…。

少しだけ気持ちが楽になる。

単独房のなかにも雨の音は届く。以前は鬱陶《うっとう》しいだけだった雨や強風が、いまはわずかな慰めとなっていた。外の世界が存在しているのだという確信を与えてくれる。

それに、外の正常な世界がいくらか停滞するように感じられるのも、あるいは嬉《うれ》しいのかもしれなかった。他人の足を引っ張りたがる、さもしい心だ。

引っ張ったところで、自分はもう一歩も前進することなく、ここで潰《つい》えると決まっているのに。

一年前の判決公判の日、裁判長は判決理由から朗読を始めた。判決を先に言わない場合は死刑と決まっている。その瞬間、傍聴人席にいたマスコミの記者たちはいっせいに立ち上がり、新進気鋭の若手一級建築士・萱野納の有罪判決を伝えるために我先にと法廷を飛び出していった。

萱野納はみずからが設計を手がけた家屋六棟に放火し、四人を死に至らしめた——らしい。放火理由は「自身の作品である建築物に対する異常な所有欲と不満」であり、身勝手極まりない犯行だと裁判長は糾弾した。

確かに萱野は仕事において頑固な完璧主義者だった。そのため現場関係者とぶつかったことは数知れない。手がけた建築物が完成するたびに、満足感よりも不満を強く覚えたのも事実だった。

しかしそれは萱野のなかに完璧な建築物という理想像がありながら、それを造り出せないことに対する不満であって、ひとつひとつの建築物に対しては力を尽くし、慈しんでいた。

それをどうして、自分の手で焼かなければならないというのか?

犯行の記憶はまったくなく、萱野は容疑を否認しつづけた。だが、検察は次から次へと、犯行を立証するものを突きつけてきた。現場に落ちていた、愛用のライター。複数の人物による目撃証言。犯行現場周辺の防犯カメラに映っていた車は萱野が所有している国産車と同じで、ナンバープレートも一致していた。

しかも犯行はいずれも、萱野がひとりで家にいたときに起こっていた。一軒家でのひとり暮らしで、アリバイを証言してくれる者もいない。

自分が犯人でないことは、自分が一番よく知っている。

その確信は公判が進むにつれて揺らいでいき、火事で両親を亡くした小学生の女の子が傍聴人席で甲高い悲鳴とともに泣きだしたとき、ついに瓦解《がかい》した。

確かに、誰かがあの子の両親を殺したのだ。

それは本当に自分ではないのか？

自分は、自分のすべての行動を把握しているのだろうか？

夢遊病患者のように、知らぬうちに放火して歩いたのではなかったのか？

——だとしたら、俺は人殺しなのか？

その公判があった夜、萱野は夢を見た。

検察官が描いたとおりのやり口で放火をする夢だ。

家屋の表面を這《は》う火が、次第に高く闇空へと立ち昇っていく。あたりにはガソリンの匂《にお》いが充満していた。炎のなかから助けを求める男女の悲鳴が聞こえた。そこに、ひと際甲高い女の子の悲鳴が混ざる。ふと横を見ると、ひとりの男が立っていた。法廷で、萱野の犯行を目撃したと証言した眼鏡《めがね》をかけた色白の男だ。この男に顔を見られたらいけない。証言されてしまう。萱野は腕で顔を覆いながら、犯行現場から逃げ出す。しかしいくら逃げても、火の色を映した雲が空を走って、どこまでもどこまでも追いかけてくる……。

拘置所の布団《ふとん》から脂汗《あぶらあせ》まみれになって跳ね起きたとき、萱野にはもうなにが真実なのかわからなくなっていた。

自分は放火犯であり、殺人犯なのかもしれない。

弱った萱野を検事は容赦なく追い詰め、裁判官から死刑判決を導き出した。

二十九歳にして名を馳《は》せていた人気一級建築士による連続放火殺人事件は、世間を震撼《しんかん》させた。肉体より先に、萱野は社会的に抹殺された。これまで積み上げてきたすべてを失ったのだ。

婚約者も彼を見捨てた。大学在学中に父を、社会人二年目に母を亡くしていたため、深い繋がりのある人は誰もいなくなった。親友と呼べる気の置けない相手を作るには、萱野の性格はあまりに頑《かたく》なで、仕事に偏りすぎていた。

……この一年間、人を殺したのかもしれないという恐怖と、死刑への恐怖とに苛《さいな》まれつづけてきた。

しかも人生を捧げる唯一の道として極めてきた建築にも、もう二度と携われないのだ。

——ここに閉じこめられたまま、新たな建物をひとつも生み出せずに、俺は死んでいく。

それは、実感も記憶もない殺人罪よりも、あるいは自分自身の死よりも、萱野にとっては耐えがたいことだった。

絶望しかない。

萱野は手にした縄跳びを瞬《まばた》きのない目で見詰める。

「どうせ、終わりになるんだ」

終わるのがいまなのか、少し先なのかだけの違いだ。それならばいまここで終わってしまったほうが、味わう絶望の総量は少なくてすむ。

両手で握った縄を首に巻きつけ、喉仏《のどぼとけ》のうえで交叉《こうさ》させた。左右の手で容赦なく紐を引く。

「萱野っっ‼」

運動場の上部から監視していた刑務官の怒声が響く。背後の扉から運動場へと若い刑務官が飛びこんできて、萱野に飛びかかった。人工芝のうえに転倒しつつも萱野は紐をさらに強く引いた。意識の芯《しん》が大きく震える。死が面前へと迫った瞬間、掌《てのひら》の皮を剥《む》きながら紐を引き抜かれた。気道と肺に一気に空気が流れこんでくる苦痛に身悶《みもだ》える。

止まれと命じるのに、肺は酸素を取りこみ、心臓が浅ましく動く。

「う…」

刑務官にねじ伏せられた萱野は空気を拒絶するために絶叫した。

「うわああああああ」

舌を噛み切る危険を感じたのか、口のなかに布を押しこまれた。ふたりの刑務官の肩に左右の腕を回させられて、運動場から屋内へと引きずり戻される。そのまま医務部に連れて行かれて、精神安定剤を射《う》たれた。

極限まで張り詰めた精神が、やわらがないまま細切れに分断されていき、まとまった思考を失う。

言葉の意味を辿《たど》れなくなった萱野の耳に、刑務官と医師の会話が音の羅列となって流れこんでいた。

「今回のような錯乱状態は初めてですね」

「はい。萱野は普段は問題行動もなく、静かにすごしています。ただ不眠は酷《ひど》いようです」

「睡眠薬と精神安定剤は以前から処方していますが、効果が薄くなっているようですね」

「再発防止のために強い薬に変えていただけますか?」

「うむ…」

「まずいですか?」

「彼は教誨《きょうかい》のほうはどうなっていますか?」

「月に一度の集団《グループ》教誨のみです」

「個人教誨は?」

「本人が希望していないので」

「ぜひ勧めてみてください。彼のようなタイプの受刑者には有効でしょう」

二

刑務作業でほかの受刑者と一緒になることもない死刑囚の生活は孤独だ。三度の食事も単独房で摂《と》り、七時の起床から二十一時の消灯時間まで、ほぼひとりですごす。

単独房から出られるのは、週に二、三度の運動と入浴、家族や弁護士に限定された面会、それに教誨のときぐらいのものだ。

教誨は宗教をとおして受刑者に改心を促すことを目的とし、宗教家がボランティアで出向いて教えを説いてくれる。

集団で受けるグループ教誨と、一対一の個人教誨とがある。

そしていま、萱野《かやの》の単独房を訪れている刑務官は、教誨師名簿を手にしていた。

「医務部の先生が、お前に個人教誨を受けるようにと言っていた」

正座した萱野の膝《ひざ》に、刑務官が面倒臭そうに名簿を投げ置く。

「好きなのを選べ」

仏教、キリスト教、イスラム教のほかに新興宗教の教誨師まで名簿に載っていた。それをぼんやりと眺めていると、グループ教誨のとき隣に座った男から囁《ささや》かれた言葉が甦《よみがえ》ってきた。

『俺たちを喜んで死ぬ家畜にするための教育だ』

いつか社会に戻っていく一般受刑者には、改心して更正する義務がある。

しかし死刑囚は社会に戻ることはない。あの男が言ったとおり、おとなしく最期《さいご》を迎えるための下準備にすぎないのかもしれない。

冷たく痺《しび》れる指先で、名簿に連なる名前をたどたどしくなぞる。誰でもよかった。指が止まる。

刑務官が名簿を覗きこみながら確認する。

「その教誨師にするか？」

萱野は虚《うつ》ろに頷いた。

仏教用の教誨室は畳《たたみ》敷きの和室になっていて、仏壇が置かれている。

萱野が座卓の横で正座をすると、その斜め後ろで刑務官が胡座《あぐら》をかいた。一時間の個人教誨のあいだ、刑務官が同席しなければならない決まりだ。

障子窓の向こうからは小雨の音がしている。昨日の夜半から降りはじめた雨の音を、萱野は朝までずっと聞いていた。

目を閉じると頭の芯がぐらりとして、意識が薄い闇のなかに吸いこまれそうになる。

雨音が続いていき――線香と雨の混じった匂いに、萱野は重い瞼を上げた。

白い着物に墨衣《すみごろも》を重ね、首に輪袈裟《わげさ》をかけた僧侶《そうりょ》姿の男が佇《たたず》んでいた。

三十代なかばぐらいだろうか。有髪が許される宗派らしく、黒髪が頭のかたちに添って後ろに撫《な》でつけてある。秀でた額と長く通った鼻筋をした美しい骨格のなかに、やや吊《つ》りぎみの切れ長の目や、横に強く引かれた唇、筆でスッと描いたような眉《まゆ》が、見事な均整で嵌《は》めこまれている。

整いすぎた容姿の人間特有のひんやりとした気品と、見ているだけで意識を丸呑みされそうになるほどの存在感とが具《そな》わった人物だった。

男は佇んだまま瞼を半分伏せて、萱野のうえで視線を止めていた。

雨の音も遠ざかるような不可思議な沈黙に支配される。

背後で刑務官が咳払《せきばら》いをした。

「あ…、萱野と申します。今日は、よろしくお願いします」

我に返って頭を下げると、男が畳に膝をついた。

「教誨師の緋角隠也《ひずみおきや》です。お待たせしてしまって、申し訳ありませんでした」

意外に太さのある声が響く。

緋角は仏壇に向かって礼拝してから、改めて卓を挟んで萱野の正面に座した。

「個人教誨を受けられるのは、今日が初めてだそうですね」

「はい。自分の犯した罪に向き合おうと……」

「自分の犯した罪、ですか」

わずかに男の口角が歪んだように見えて、萱野の頭から血の気が引く。

四人もの命を奪った連続放火殺人犯がいまさら罪に向き合うなど、宗教家をもってしても苦笑を禁じ得ないことなのだろう。

「萱野さん、あなたにお目にかけたいものがあります」

緋角が着物の懐《ふところ》から細長いものを取り出して、それを両手で差し出してきた。萱野が受け取ると、刑務官が慌てて腰を上げかけた。

「受刑者に勝手にものを渡されては困ります」

「ご心配なく、宗教上のものです」

それは円柱型の仏像だった。かなりの年代物で、高さは十センチほど、親指ぐらいの太さだ。木の枝から彫り出された素朴な造りだった。萱野はその表面を優しく撫でながら呟《つぶや》く。

「楓《かえで》は粘り強くて、こういう加工には相性がいい」

一級建築士として、萱野は木造建築の再興に力を入れてきた。最新技術を用いた木材加工やいにしえからの技によって、充分な耐火性や耐震性を得られる。

検証を繰り返して実用を推《お》し進めてきたのに、みずからの手で燃やすことでそれを否定したのだ。狂気としか言いようのない破壊と破滅の願望に、自分はいつから侵食されていたのだろうか。それはいまも、身のうちで蠢《うごめ》いているのだろうか。

手のなかから軋む音がたつ。

木の仏像をへし折らんばかりに、手に力が籠《こ》もっていた。ぶるぶると震える手で、それを机のうえに置く。立てて置こうとしたのに、ごとりと横倒しになって転がった。

「それに覚えはありませんか？」

質問の意味がわからずに黙っていると、教誨師の形相が一転して険しくなった。

「その木彫りに覚えはないかと訊《き》いている」

「……」

改めて横倒しになっている仏像を見詰める。彫りの深い顔立ちは、目の前の男にどこか似ていた。

「見覚えはありません」

答えたとたん、僧侶の眸《ひとみ》が一瞬、血の色に染まった。

驚いて瞬きをすると、元の漆黒に戻っている。睡眠不足で錯覚を起こしたらしい。

緋角の表情はいたって静かだ。口許《くちもと》に薄《う》っすらと笑みを浮かべている。

「それでは個人教誨を始めましょう」

萱野は背筋を立てなおして頭を下げる。

「よろしくお願いします……その、なにをどうお話ししていけばいいのか」

「必要ありません」

聞き間違えたのかと思ったが、緋角は淡々と続けた。

「話など聞かなくても、お前の罪深さを誰よりもこの私がよく知っている」

「……俺の犯罪を調べてから来られたんですね」

「放火や殺人になど、なんの興味もない。私も、お前も」

また聞き間違えたのかと思う。

「興味が、ないって――」

「カヤ」

萱野とは呼ばずに、「カヤ」と教誨師が呼びかけてきた。

「お前にとって大切なのは、理想とする建築物を創《つく》り出すことだけだ。そのためなら、ほかのすべてを犠牲にする。お前自身すら、な」

鳥肌が立った。

確かに、物心ついてからこれまで自分を支配してきたのは、完璧な建物を創り出したいという偏執的なまでの欲求だった。

緋角が明らかな冷笑を浮かべた。

「お前がいま苦しんでいるのは、人を殺したせいではない。こんなところに閉じこめられて、もうひとつの建物も造れなくなったせいだ。お前は本当は、人の死などどうでもいいと思っている」

萱野は狼狽《ろうばい》し、青ざめる。

「有罪となったお前を見捨てた婚約者。あの女と婚約したのも、大手建設会社の社長令嬢だったからにすぎない。仕事を有利に運ぶための駒《こま》だったのだろう」

「――彼女を、愛してた」

口にした言葉はそらぞらしい響きで自分の耳に返ってきた。

相手にねだられて何度も愛していると口にしたものの、本当にそうだったのだろうか？

自分の心を覗きこむ。

仕事で懇意にしている社長から持ちかけられるままに婚約したのだ。とにかく恋愛ごとに割くエネルギーと時間が惜しかった。だから、宛《あて》がわれた都合のいい手軽な相手を受け容《い》れた。

緋角が言ったとおりの打算を、自分のなかに見つける。

「両親の死ですら、お前の意識を長くは繋ぎ止めておけなかった。お前はまたすぐに建築に没頭した」

「それは、つらさを忘れるために……」

父が亡くなったとき、母が亡くなったとき、自分はどのぐらいのあいだ心を痛めたのか。思い出せない。

「放火殺人のことも、法廷で覚えていないと言い張ったそうだな」

「本当に、覚えていないんだ」

「四人殺しても、お前の心は痛まなかった。だから覚えていないのだろう」

萱野は両の掌を座卓のうえに叩《たた》きつけた。腰を浮かせながら怒鳴る。

「違う‼　本当に、ただ覚えていないだけなんだっ」

緋角もまた腰を上げると、天板へと膝を乗せた。萱野のスウェットの胸ぐらを掴み、顔を寄せる。

視界に大映しになる、切れ長の目。

そこに嵌めこまれている眸は紅《あか》かった。

「お前に問う」

今度はいつまでも紅い。

「覚えていないなら、無罪なのか？」

「――――」

迫り来る緋色に圧《お》されて、萱野の身体は後ろに大きく傾《かし》いでいく。背中が畳にドッとぶつかる。

座卓を乗り越えた男が、僧侶の衣を波打たせて覆い被さってくる。乱れた髪が秀でた額にかかる。その髪もまた緋色に染まっていた。

自分の目がおかしいのか、それとも、この男がおかしいのか。

仰向けになった萱野の長い前髪を、緋角が掻《か》き上げる。露わになった顔を、骨まで見透かすように凝視された。

「淫蕩《いんとう》な顔立ちだな。この容姿で人を誑《たぶら》かして成り上がったわけか」

「っ――俺のなにを知っているというんだっ……お前は、いったい」

「私が何者かは、すでに伝えてある。お前もわかっているからこそ、私を選んだ」

「お前のことなんか知らないっ」

「それなら、なぜ私を指名した？」

「それは……」

教誨師名簿に羅列された名前。緋角隠也のうえで、指が勝手に止まったのだ。

「お前は私を知っている。だから私を指名した。思い出せないのは、お前の目が濁っているせいだ。いま、綺麗《きれい》に拭ってやろう」

憤っているようにも嗤《わら》っているようにも見える顔が近づいてくる。

萱野の右目が濡《ぬ》れた。脆《もろ》い丸みを、男の舌に辿られる。

「ひ…」

瞼をきつく閉じて、舌を弾《はじ》き出す。

今度は左の瞼が濡れた。

「こちらの目も見えるようにしてやろう」

上下の睫の狭間を、柔肉が巧みにこじ開ける。刺激による生理的な涙と唾液《だえき》とが混ざり合って、こめかみへと垂れていく。

眼球を嬲《なぶ》られる恐怖に、萱野は男を退けようとその肩口に両手を這わせた。

上瞼の内側に舌が入り、身体がビクッと跳ねる。足が反射的に畳を蹴《け》る。バタつく脚に、着物の裾《すそ》を乱しながら筋肉質な男の脚が絡みついてくる。

「嫌、だ……目が……目がっ」

目を犯されながら、萱野は手に触れたものを必死に握った。

「――ぐ」

緋角の喉が鳴る音が聞こえた。目から舌が抜ける。

男が両手を萱野の横について、下肢を絡めたまま上体を反らした。

僧侶が首にかける、美しい紋様が織りこまれた絹の輪袈裟。それは喉仏の前で交叉し、萱野の手で絞められていた。

気道を狭められたまま、緋角が苦しげに顎《あご》を上げて問う。

「私を五個目の死体にする気か？」

「……俺、は」

「そしてまた、身に覚えがないと言い張るわけだ」

手指のあいだから、絹の輪袈裟《あや》が抜けていく。全身がガタガタ震えていた。いまみたいに自覚もないまま、自分は人を殺めてきたのだろうか。

ふたたび問われる。

「覚えていないなら、無罪なのか？」

男の手を左脇腹に感じる。めくれたスウェットシャツの裾から覗いた素肌を撫でられていた。撫でる部分が次第に大きくなっていく。脇の下まで辿られて、悪寒にも似たざわめきが肌を収斂《しゅうれん》させた。

親指だけが胸へと伸びて、一点を指先できつく押す。

「ど…いて、くださ、いっ」

もがくのに、筋肉の薄くなった身では自分より上背も厚みもある同性の身体を撥《は》ね除けられない。浮き出た胸の粒に爪《つめ》がギッと喰いこむ。

「っ、あ」

萱野は首を斜め上に伸ばして、そこに座る刑務官へと助けを求めようとした。

これが個人教誨の範疇《はんちゅう》でない行為なのは明らかだった。いくら重罪の囚人といえども、こんなことが見過ごされていいはずがない。

しかし、刑務官は視線を前に向けたまま、こちらを見ようともしない。

――どういう、ことだ？

刑務官もグルで、この状況を容認しているというのか。

このままでは乳首を爪で割られてしまいそうだった。

「痛…い、痛いっ」

「カヤはこうされるのが好きだっただろう」

首を強く横に振ると、緋角はもう片方の手をスウェットパンツのなかに入れてきた。下着のウエストをくぐって、信じられないことに性器にじかに触れた。萎《な》えた竿《さお》をグッと握られる。

「――なんだ、胸での感じ方を忘れているのか」

もともと性的には淡泊なほうで、胸で感じたことなどない。しかも同性相手では、なおさら快楽など生まれようはずもなかった。

「誰と、間違えてるのか、知らないが……俺じゃない」

紅い目が眇《すが》められる。

「私がお前を見誤るわけがない。お前には罪を償ってもらう」

やわらかいペニスを潰《つぶ》すように握ってから、男の指が脚の狭間へと伸びた。腿《もも》を閉じて阻もうとするが、膝下を男の脚に搦《から》め捕られているせいで身動きが取れない。逆にさらに股を開かされた。

会陰部《えいんぶ》をふにふにと指で弄《もてあそ》ばれる。女のように扱われて、強烈な違和感と屈辱感がこみ上げる。

「…っう」

指が奥の窄《すぼ》まりに届く。

「え…っ、う、やめ……——っ！」

二本の指を後孔にねじこまれる痛みに、息が詰まる。

「ここもすっかり愉《たの》しみ方を忘れているようだな」

第一関節までしか侵入できずに、浅い場所で指がギチギチと蠢く。拘置所の身体検査で刑務官の前で肛門を拡《ひろ》げさせられたとき自尊心を剥《は》ぎ取られたように感じたが、こんなふうに苛まれて、まだ男としてのプライドが残っていたのだと知る。粘膜はこれ以上入られまいとして必死に抗《あらが》っていた。

「すぐに思い出させてやろう」

そう囁くと、緋角がスウェットシャツを捲《まく》り、萱野の胸に顔を伏せた。爪で抉《えぐ》られた粒を唇で挟まれる。痛めつけられて過敏になっている場所を舌先でぬるぬると舐《な》められた。

「……ふ、…は」

力のない息が口から漏《も》れる。

呼吸だけでなく、身体からもいくらか力が抜けてしまったらしい。内壁をきつく逆撫でながら二本の指がじりじりと進んでいく。第二関節の節が襞《ひだ》を無理やり通り抜ける。

「あ…あ…」

掌を会陰部にべったりと押しつけられた。指が付け根まで入ったのだ。乳首に口をつけたままくぐもった声が教えてくる。

「体内《なか》が愛らしく戸惑ってる」

奥の内壁をくすぐるように摩《さす》られて、萱野は露わになっている腹部を引き攣《つ》らせた。

「お前はあまりほぐさないで挿入されるのが好きだったな」

指先を折り曲げて粘膜を引っ掻きながら、緋角が指を抜いた。絡みついていた脚がほどける。痛みと気持ち悪さと恐怖に喘《あえ》ぎながら、萱野は男の下から這い出ようとする。肩を掴まれて俯《うつぶ》せにされた。

四肢をついてなおも逃れようとする萱野の骨張った薄い腰に、緋角の手がかかる。引き戻され、スウェットのパンツと下着とを膝まで下ろされた。剥き出しになった臀《でん》部に、棒状のものが擦《こす》りつけられる。熱を孕《はら》んで、なまなましく腫れている。大きな先端はひどくぬめっていた。

——嘘《うそ》だ、こんな…。

自分に起ころうとしていることが、わかっているのに、わかりたくない。

片手を後ろに回して、男の腿に手をついた。腕を突っ張って、行為を拒もうとする。尻《しり》のふたつの丸みを掴まれて、左右に開かれた。

さっき指でマーキングされたところに、凄《すさ》まじい圧迫感が生じる。

「ぃ…」

窄まりの襞がいまにも裂けそうな鋭い痛み。そこに肉を抉られる重い痛みが被さっていく。

「た…痛…っ…っ」

三十一年生きてきて、経験したことのないたぐいの苦痛だった。性行為に耐えられるように作られていない器官を、無惨に男に犯されていく。

——壊され…る。

「ひ…ぐ」

「生意気に拒んで、剛情な孔《あな》だ……ん…あぁ」

「抜いて——くれ、頼む」

闇雲に男の腿を押して繋がりを抜こうと試みているうちに、乱れた着物の内側へと手が滑った。熱く湿った肌がじかに掌に当たる。

あの整った風貌《ふうぼう》の僧侶が、同性である自分に身体を繋げながら、こんなにも劣情を滾《たぎ》らせているのだ。身体の芯がざわりとして、腕から力が抜けた。両手を畳につく。内臓が男のかたちに丸く伸びきる苦しさに、萱野の身体は無意識に前へと這う。

視界に胡座をかいた脚が映る。壁際に座った刑務官の脚だ。

その膝に縋《すが》って揺さぶる。

「助けて、くださ……」

刑務官の身体が横に崩れるように倒れた。その目は正面を見るかたちで見開かれたままだ。瞬きがない。よくできた蝋《ろう》人形――あるいは死体のようだ。

訝《いぶか》しく刑務官を見詰める萱野に、緋角が囁く。

「お前は、また殺したのか？」

全身に鳥肌がたった。

「ちがう、ちがう」

刑務官から遠ざかろうと退くと、男のペニスをより深く含んでしまった。動けなくなる。

「みずから取りに来るとは、貪婪《どんらん》だな。もっと奥まで欲しいか」

首を横に振るのに、緋角が大きく腰を使いだす。

「う、う――ぁ、あぁ…、あぁ…、あ」

揺さぶられながらも、刑務官に近づくまいとして上体を起こす。気がつくと、正座した

僧侶のものに下から串刺《くしざ》しにされる体位になっていた。長い幹をまだ半分ほどしか含めていないらしく、腰が高く浮く。

背中に当たっている男の胸部や腹部は、すらりとした見た目に反して厚い筋肉に鎧《よろ》われていた。突き上げられるごとに、腹側の粘膜を破れそうなほどいがめられる。体内で緋角の器官がどんどん膨らんでいくのを感じる。あり得ない大きさに、腹の皮膚が張る。

このままでは内臓が破裂してしまいそうだ。ほかの臓器も圧迫されて悲鳴をあげている。

「ぁ…あ…ひ…あ」

刑務官を見まいとして視線を深く伏せると、自分の性器が視界に映った。それはやわらかなまま、ぶるんぶるんと弾んでいる。弾むたびに、先端から透明な蜜《みつ》が散る。

どうして先走りが大量に漏れているのかわからない。

僧侶の黒衣と白衣の裾は乱れきり、筋肉の流れを浮かべた太股が露わになっていた。その腿に掌をついてなんとか腰を上げようとするが、引き延ばされた粘膜がペニスに吸着してしまっている。

そのまま激しく揺さぶられる。相手が射精しようとしているのが本能的にわかった。

体内に出されるのは、どうしても嫌だった。

「外…せ、早くっ」

しかし、背後から回された腕に胴を絞められた。まくれた着物の袖《そで》から覗く腕もまた、意外なほど太くて逞《たくま》しい。

「なかに出されるとき、お前は一番よがる」

「そ、んなわけ、ないっ…っ、く…、嫌だ…突く、なっ、もう…ぁ、ぁ、ぁ、ぁ」

「ああ…ああ、どんどん絡みついてくる、そうだ、悦《よ》い…悦い」

自分を背後から包む男の肉体が、性器までも、ぐっと膨らんで固まった。そして、激しくわななきだす。

「ぐ、っ、ん、…ん、ぁぁああ」

咆吼《ほうこう》じみた声をあげながら、緋角が腰を跳ね上げた。

「ぁ、ぁ」

大量の重たい精液をぶつけられる感触に、萱野の粘膜が反応する。まるで一滴残らず搾《しぼ》り取ろうとするかのように、男を含んだ部分がだくだくと波打つ。

性器を満足げにくねらせながら男が嗤った。

「身体のほうは思い出しかけているようだな」

ガクガクする脚と腕に力を入れて、萱野は今度こそなんとか腰を上げた。内壁とペニスがきつく擦れて、わずかずつしか動けない。

「う…うう……う……」

抜いていくのに、いつまでたっても腹腔《ふっこう》が楽にならない。

男のものの巨大さを再認識させられて鳥肌がたつ。射精して多少は収まっているはずなのに、恐ろしいほどの長さがあった。亀頭の高い返しが窄まりの内側に引っ掛かる。どうやっても抜けなくて手間取ってもがいていると、緋角がみずから引き抜いた。

「ぁう」

萱野の身体は弾かれるように、横倒しに畳に転げた。緋角の姿が視界に入る。

その目も髪も紅いままで、乱れた僧侶の装いはゾッとするほど艶《あで》やかだった。男の指が髪を掻き上げる——萱野は眸を固めた。

露わになった高い額。左右の剃《そ》り込み部分に、なにかが生えていた。緋色をしていて、先端が尖っている。角のように見えた。

緋角が片手を畳について、手を伸ばしてくる。その爪は獣のそれのように尖っていた。殺されるのかもしれない。咄嗟《とっさ》に目を瞑《つぶ》ると、額に圧迫感を覚えた。

ほんの一瞬、意識が遠退《とおの》いたような感覚があって。

次に目を開けたとき、萱野はきちんと正座をしていた。教誨室の座卓の向こうでは、緋角が静かに微笑している。着物も入ってきたときと同じように整えられていて、目と髪は黒い。角もない。

「時間だ」

斜め後ろから声がして、萱野はビクッとして振り返る。刑務官が胡座を解いて立ち上がろうとしているところだった。生きて、動いている。

——……どういう、ことだ。

「萱野さん」

教誨師の顔で、緋角が言う。

「これからもあなたの苦しみに同行させていただきます」

「……」

なにが現実で、なにが幻覚なのか。

この一時間、自分は教誨師の緋角に話を聞いてもらっていたのだろうか。

それとも、角を持つ緋角に犯されていたのだろうか。

叫びだしたいような惑乱に囚《とら》われていると、刑務官に肩を殴られた。

「きちんと礼を言え」

「――あ、ありがとう、ございます」

刑務官に二の腕を掴まれて、教誨室から連れ出される。

一歩歩くごとに腹腔に耐えがたい疼痛《とうつう》が走る。この痛みも、自分の妄想が作り出したものなのか……。萱野は腰を震わせて立ち止まった。

「ぁ…」

後孔からどろりとした粘液が溢《あふ》れるのを感じたのだ。

「立ち止まるな」

刑務官に命じられて、よろつきながら必死に歩く。

単独房に戻されてから奥の板間にあるトイレで用を足すふりをして、脚のあいだをトイレットペーパーで擦った。どろりとした粘液が大量に付着した。白濁に赤が混じっている。

――幻覚じゃ、なかった。

確かに自分は教誨室で緋角に犯されたのだ。

震える手で衣類を引き上げて、萱野は部屋の片隅に重ねてある寝具にぐったりと身を凭《もた》せかけた。幻覚ではなかったとわかったところで、あまりにも理解できないことが多すぎる。

「緋角隠也」

掠《かす》れ声で呟く。

「何者、なんだ……」

すると耳の奥で、低く響く声が答えた。

『私が何者かは、すでに伝えてある。お前もわかっているからこそ、私を選んだ』

あれはどういう意味なのか。

『それなら、なぜ私を指名した？』

自分の指はなぜ「緋角隠也」という文字で止まったのか。

「う…」

頭が痛む。身体のあちこちが爛《ただ》れたみたいに熱を持っていた。切れかけの蛍光灯みたいに、意識が不安定に揺らぐ。瞼が落ちる。

「あかい、つの」

紅い角をしていた。

まるで鬼のような角だった。


単独房で座卓の前に座って壁を凝視する。

いつもはその壁に、建てられることのない建築物の設計図が次から次へと浮かんでは消えていくのだが、今日は違うものが浮かんでいた。

紅い一対の目。そのあいだに長い鼻梁《びりょう》が通る。続けて、冷たい品のある唇が描きだされた。目のうえには、筆で完璧な線を引いたような鮮やかな眉。それらのパーツをまとめあげる輪郭は顎先にいくらか女性的な尖りがあるものの、か弱い印象は微塵《みじん》もない。

額の上部に一本一本髪が描き足されていき、紅い水際をかたち作っていく。

最後に、左右の眉山から髪の生え際へと線を引いた二点に、角が生じる。

萱野は緋角隠也の頭部に見入る。

緋色の目に吸い寄せられて座布団から腰を浮かせると、腹部が座卓にぶつかった。

外部刺激で集中力が揺らぎ、壁の顔は滲《にじ》むように消えていった。

萱野は腫れた質感の唇から長く息を吐いた。

座卓の天板に両肘《りょうひじ》をつく。髪に指を絡めて強く引っ張る。

十日前に体験した異常な出来事が甦ってきて、鳥肌がたつ。緋角に暴行されたのは間違いなかったが、萱野はそれを誰にも訴えなかった。訴えたところで同席していた刑務官の記憶にすら残っていないのだ。たとえ傷ついて腫れた後孔を見せたとしても、自分自身でやったと決めつけられるのは目に見えていた。

いまの萱野納《おさむ》は、残虐《ざんぎゃく》な放火殺人を繰り返しておきながら覚えていないと言い張る犯罪者なのだ。

そんな者の突飛な訴えになど、誰も耳を傾けるわけがない。

自分が刑務官だったとしてもきっと取り合わないだろう。

そう客観的に考えられるぶんだけ、まだ理性が残っているとも言えるのか……安堵《あんど》しかけた萱野は唇を大きく歪めた。

いったい、なんのための理性なのか。刑務官と接することすら稀《まれ》で、一日のあらかたを密室でひとりですごしているのだ。居室部三畳と光もほとんど入らない窓際にある洗面台とトイレのある一畳の縦長の空間。ここで理性を維持することに、なんの意味があるのか。

いっそ理性など手放して、なにもかもわからなくなってしまえばいい。

そう思った次の瞬間、同じフロアのどこかから、壁を殴る音とともに泣きわめく声が聞こえてきた。

孤独と閉塞感と死への恐怖から精神錯乱に陥る死刑囚は珍しくない。

自殺を試みる者もよくいる。だから二十一時の消灯時間をすぎても部屋が真っ暗になることはない。夜のあいだもずっと弱い光に照らされつづけ、監視カメラで見張られる。

――途中棄権しようが完走しようが、死ぬことに変わりはないのにな。

屋上の運動場で自殺を試みてからというもの、刑務官たちは萱野に対してかなり神経質になっていた。監視カメラだけでは心許ないのか、頻繁に見回りに来る。

いまも、刑務官の足音がドアの前で止まった。

「萱野」

ドアに向かって正座をすると、刑務官がドアを開けて、見下ろしながら一方的に告げた。

「今日の夕食後に個人教誨がある」

「え…」

「緋角教誨師が時間を作ってここに寄ってくれることになった」

「…い、嫌です!」

叫ぶように拒絶すると、刑務官が声を荒らげた。

「お前のような奴の話を聞いてくださるのに、感謝の念はないのかっ」

「違う教誨師を――」

「いい加減、逃げずに自分のしたことに向き合え」

侮蔑《ぶべつ》の視線を投げこんでから、刑務官はドアを閉めた。

「待ってください、お願いです、あの教誨師だけはっ」

立ち上がってドアをガンガンと拳《こぶし》で叩いたが、刑務官が戻ってくることはなかった。萱野はその場に蹲《うずくま》る。

なぜ自分はここにいるのか。

なぜまたあの男と一時間をすごさなければならないのか。

なにもかもが現実からかけ離れているのに、これが現実なのだ。

食後に個人教誨があるため、ただでさえ早い時間の夕食を十六時前に摂らされた。しかしまた緋角と会うことを考えると食欲は失せ、ほとんど箸《はし》をつけないでドア横の食器口にトレイを戻した。

食後ほどなくして刑務官が来て、教誨室へと連れて行かれた。

障子窓が夕陽の色に赤らんでいる。

すぐに緋角が部屋に入ってきた。所作のひとつひとつに抑制が効いていて、いかにも僧侶らしい禁欲的で清浄な様子だ。

この髪と目が紅くなって額に角が生え、性的な蹂躙《じゅうりん》をおこなうなど、あり得ないように思う。もしかすると、やはり自分だけがおかしいのではないか。

仏壇に向かってから、緋角が座卓の向こう側に腰を下ろす。

着物の裾を乱して、片膝を立てて座った。

まだ目と髪は黒いものの、ほんの数秒のうちにその顔には淫靡《いんび》な薄笑いが浮かんでいた。

眇めた眦に艶を滲ませる。

「カヤ、傷はもう癒えたか？」

緋角に傷つけられて出血した場所が痛みを思い出す。

萱野は斜め後ろを振り向いて、そこに座る刑務官を見た。正面を見たまま、瞬きをしない。おそらくすでに、前回と同じ蝋人形のような状態に陥っているのだ。まるで刑務官の時間だけ止められているかのように。

顔を正面に戻すと、男の髪と双眸《そうぼう》は紅く染まっていた。

全身の肌が粟立つ。

だが、誰にも助けは求められない。腹を据えて対峙《たいじ》するしかなかった。

低めた声で告げる。

「お前は、人間じゃない」

緋角が眉を上げて、面白がる表情をした。

「では、問う。私は何者だ？」

「お前は」

こんなことを口にするのは正気の沙汰ではない。しかし、この十日間考えつづけ、そしていまふたたび奇っ怪な男を目の前にして、確信に至ったのだ。

「緋い角の鬼、だ」

目に見えないものを差す隠《おん》という字が、鬼の語源だという話を聞いたことがある。

緋角隠也——緋い角の鬼なり。

教誨師名簿の段階で、緋角は自身の正体を明かしていたわけだ。

「ほう」

紅い液体を凝《こご》らせたように眸が煌《きら》めく。

「私のことを少しは思い出したのか？」

「……俺はお前と、以前に会ったことがあるのか？」

「ある」

「いつ？」

「さぁ、いつのことだったか」

教えるつもりはないらしい。

萱野は記憶を漁《あさ》ったが、やはりなにも思い出せなかった。

そもそも鬼などというものに一度でも会ったことがあるなら、忘れるわけがない。

「もしかして……」

「もしかして、なんだ？」

「お前は放火の被害者と関わりのある者じゃないのか？」

被害者遺族の思いが鬼を作り出して復讐しに来たと考えるのが、萱野にとってはもっとも納得のいく仮説だった。

公判のとき、傍聴人席から響いた幼い少女の悲痛な泣き声。ああいったものが凝結して鬼となったとしてもおかしくないように思われた。

緋角が興醒《きょうざ》めした顔で腰を上げた。萱野へと手を伸ばす。

「前にも言った。それは私にとってもお前にとってもどうでもいいことだ」

反射的に身体を引くと、萱野は転ぶように立ち上がって教誨室の戸口へと走ろうとした。しかし、なにかに脚を取られて転ぶ。足首を刑務官の手にがっしりと掴まれていた。

「気がついたんですかっ、教誨師が」

刑務官に教誨師の正体を教えようとするが、その目は相変わらず正面を見据えたままだった。それでいて、強い力で萱野の足首を捕らえつづけている。

「自我の薄い人間ひとり操ることなど雑作もない」

「……自我が、薄い？」

なにを言っているんだと思う。

受刑者を人ではないものとして扱う刑務官は多い。いま萱野の足首を掴んでいる男は特にそれが顕著で、そのがたいのよさと高圧的な言動によって受刑者たちを萎縮《いしゅく》させていた。

萱野の表情から考えていることを読んだらしく、緋角が座卓の縁に腰を下ろしながら言う。

「強権的な者の内側が虚ろなことなど、よくあることだろう」

白足袋《たび》に包まれた足先が、横倒しになっている萱野の肩をやんわりと踏んだ。仰向けに身体を転がされる。

紅い目と視線が合う。

「こんな男よりお前のほうがよほど我が強くて剛情だ」

「——俺は……無力で、虚ろだ」

昔はもっと強かったように思う。少なくとも迷いはなかった。自分の進むべき道は常に明確で、寝る間も惜しんで建築の仕事に明け暮れていた。

ただ図面を引くだけの建築家にはなりたくないと思い、高校と大学の長期休暇ごとに現場仕事もした。特に宮大工の棟梁の下で働かせてもらったときには、木材の加工や組み方を算出する規矩術《きくじゅつ》を始めとする、膨大ないにしえからの技を吸収することができた。もともとそう体力があるほうではなかったが、無尽蔵な気力で喰らいついていった。

しかしその唯一の道を奪われたいま、もう心も身体もエネルギーの作り方を忘れてしまったようだった。呼吸をするのさえ億劫《おっくう》だ。

緋角がスッと目を細めて、萱野の左胸のうえに足の裏をついた。そこに体重をかけられていく。肋骨《ろっこつ》が軋《きし》む。苦しさが嵩《かさ》んでいき——安堵が生まれた。

身体中から力が抜けていく。呟く。

「踏み抜いてくれ」

心臓ごと潰してくれたら、この牢獄《ろうごく》から抜け出せる。

期待するのに、胸から重さが消えてしまう。緋角が覆い被さってきた。また犯されるのだとわかる。

男として耐えがたい屈辱と痛みとが思い出されて、抗おうとしたが。

「他者を苦しめておいて、死に逃げできると思うな」

怨嗟《えんさ》の籠もった声を耳に流しこまれる。

「覚えていなくても、お前は罪を贖《あがな》わなくてはならない」

「……俺は、お前を苦しめたことがあるのか？」

放火のことをなにも覚えていないのと同じように、この男にも残酷なことをして覚えていないだけなのかもしれない。

緋角は言葉では答えなかった。

その代わり、萱野の唇に喰らいついてきた。唇に、人間のものにしては鋭すぎる糸切り歯がめりこんでくる。柔らかさと熱さと痛み、どれもが耐えがたくて、自分がこの男にどれほど酷い仕打ちをしたかを教えられる。

唇が切れて、重なった口のなかに血が流れこむ。緋角の舌が入ってくる。口のなかで唾液と血液を掻き混ぜられ、きつく啜《すす》られる。

「ん…」

頭の内側の深いところが細かく震えていた。

恐怖に似ていて恐怖とも少し違う。快楽に似ていて快楽とも少し違う。

もっと苦くて切ないかたちをしている。

なにか思い出さなければならないことが、確かにあるように思われた。しかし、どうしても思い出せない。

障子窓が真っ赤に染《か》まり、揺れる。

それを背景にして、緋角の髪も首からかけられた輪袈裟も揺れている。

血に汚れて腫れた唇で、萱野は短い呼吸を繰り返す。新たに傷つけられた粘膜を激しく擦られて、腹がなかから爛れていく。まるで身体を内側から燃やされ、切り裂かれているかのようだ。

細切れにされた意識のどこかで、小さな歯車のように思考がぐるぐると回りつづけていた。

『覚えていなければ、無罪なのか？』

……そんなわけがない。

法律上は心神耗弱として罪を問われないことがあったとしても、この身で犯した罪は決して消えない。細胞のひとつひとつに、それは刻印されるのだ。

だからこそいま、こんなにもつらくて仕方ない。

しかし覚えていないことを、どうやって悔いて贖えばいいのだろうか？

「ぁ…あ……カヤ」

湿り気のある苦しそうな声で呼ばれる。

自分に苦しめられたことを恨んで暴行に及んでいる男が、縋りつくように抱きついてきた。

惑乱したまま、萱野は墨染の袂《たもと》をきつく握り締める。

緋角が萱野の首筋から顔を上げた。

眉間《みけん》に力を籠め、紅い眸で睨《にら》みつけてくる。睨んでいるのに、泣きだしそうな顔にも見える。

こんな脆くて必死な表情を、どこかで見たことがある気がした。

——あの時……。

あの時とは、どの時だろう。

不安定に回っていた思考の小さな歯車が弾け飛んだ。

三

接見室の椅子《いす》に座ると、アクリル板越しに弁護士の真壁《まかべ》がいつもの励ますようなやわらかい笑顔を向けてきた。

「萱野《かやの》さん、少し時間が空いてしまってすみませんでした」

その顔が心配そうに曇る。

「また痩《や》せたのではありませんか。体調のほうは」

「……いえ。大丈夫です」

「なにかあったら、些細《ささい》なことでもかならず言ってください」

「ありがとうございます」

真壁は、萱野より一歳下の三十歳だ。国選弁護人として萱野の担当となってから、彼は一貫して誠実に弁護士としての職務に励んでくれていた。

放火殺人で四人を死に追いやった殺人鬼の弁護を担当しているせいで、彼の所属している弁護士事務所は数々のいやがらせを受けているらしい。萱野は申し訳なく思い、何度か担当を降りてくれてかまわないと申し出たのだが、真壁がそれを受け容れることはなかった。優しげな外見とは裏腹に、粘り強さがある。

ただ彼もほかの人間と同様に、萱野の冤罪《えんざい》だという訴えに耳を貸すことはなかった。

しかしそれも当然といえば当然だった。

すべての証拠は犯人が萱野納《おさむ》であると示していた。

真壁は萱野が事件時の記憶がないことから、法廷では心神耗弱の線で闘ってくれた。それによって精神鑑定に持ちこむことはできたものの、事件を覚えていないというのは虚言で、責任能力はあるという鑑定結果に終わった。

そうして萱野は死刑確定囚となったわけだが、その後も真壁は萱野のために動いてくれている。

「萱野さん、そろそろ髪を切っておいてください。再審請求が認められれば、また法廷通いですから、身なりをきちんとして心象をよくしないと」

その言葉に萱野は深く俯《うつむ》く。

現在、萱野は死刑判決を覆すための再審を請求している。

再審請求中は死刑を執行されないことが多いため、それは実質的な延命処置ともいえた。多くの死刑囚が同様にしているのだが、再審請求せずにみずから死刑を確定させる囚人もいる。萱野は少し前から、そういう気持ちに傾くようになっていた。

だからこそ「鳥籠《とりかご》」と呼ばれている屋上の運動場で、自分の首を絞めたのだ。たとえ再審が認められたとしても、判決が覆ることはないだろう。そうしたらまた再審請求をして――つらい時間を引き延ばす意味しかない。

鳥籠から自由になれるのは、この肉体を捨てたときだけだ。そうすれば、空に張られた二重の金網もすり抜けて、広い空へと飛び立てる。

萱野は俯いたまま、傷のある唇を動かした。

「……再審請求を、取り下げようかと思うんです」

ガタンと、アクリル板の向こうで真壁が椅子から立ち上がった。

「萱野さん、なにを言ってるんですかっ」

真壁がこんなふうに声を荒らげたのは、知り合ってから初めてのことだった。

「再審請求中ですら刑が執行されることはあるんです。それを取り下げることの意味が、わかっているんですか」

「わかっています」

この生活を早く終わらせたい切迫した理由もある。

……もう四回も、緋角隠也《ひずみおきや》に犯された。

緋色の角を生やした鬼だ。そんな非現実としか言いようのない存在に性的に蹂躙されているのだ。緋角はそれを、萱野が受けるべき罰だと言う。

慣れるどころか、半分ほどしか受け入れられない人外の巨大な性器に、毎回傷つけられる。それでも苦痛しかないのならば、ここまで追い詰められてはいなかったに違いない。

あり得ない感覚が、行為の最中に湧《わ》き上がりそうになるのだ。

もし鬼によって与えられる行為に溺《おぼ》れてしまったら、もう人間ではなくなってしまうように思われた。人間として死にたいなどというのは、凶悪犯であるらしい自分には贅沢《ぜいたく》すぎる望みなのだろうが。

それに、緋角といるとつらい気持ちに襲われる。自分の心臓を掻き毟《むし》りたくなる。おそらく、良心の呵責《かしゃく》に苛まれるせいだろう。

自分はなにかとても酷いことを彼にしたのだ。

彼以外の人たちにも。

真壁が椅子に座りなおして訊いてくる。

「どうして、取り下げることを考えるようになったのですか？」

緋角のことを真壁に話したところで、理解してもらえないだろう。

真壁は死刑制度そのものに反対する立場を取っている。萱野の担当から降りないのも、その信念によるところが大きいのだろう。

なんとか納得してもらえるように話を持っていかなければならない。

「実は先月から、個人教誨を受けはじめました」

「――その教誨師から、再審についてなにか言われたのですか？」

「違います……ただ、教誨師と会って自分のことを見詰めなおしていくうちに、自然と気持ちに変化が起きたんです」

一方的にセックスを強《し》いられる関係ではあるものの、結果的に自分を深く見詰めなおすことになっているのは事実だった。

自分は自分の罪を覚えていない。

そのせいでさまざまな証拠が揃《そろ》っていながら、頭のどこかで冤罪だという思いがあった。

しかし緋角隠也と身体を重ねて、自分が彼を深く傷つけたことがあるのだと感じた。理屈ではない。本能的な部分でわかったのだ。彼の視線も言葉も仕草もセックスも、すべてがそう伝えてきていた。

「覚えていなくても、俺は自分の罪を背負わなければならない——そのことから目を背けていたことに気づきました」

「萱野さん…」

「先生、法廷の傍聴席に遺族の娘さんが来ていたことがありましたね。小学生の」

幼い少女の悲鳴のような鳴き声を、真壁も思い出したのだろう。口角が厳しく締まる。

「俺は、彼女から両親を奪ったんです。彼女の苦痛を受け止めなければならない。彼女の納得を、大切にしなければならない。四人もの人の命を、このひとつの命で贖うことはできませんが……違いますね。ひとりの命のぶんも、贖うことなんてできない」

『他者を苦しめておいて、死に逃げできると思うな』

あの緋角の言葉は、被害者や遺族、世間のひとびとの気持ちそのものに違いない。

緋角に踏み躙《にじ》られることが罰になるというのなら、刑が執行される日まで身を投げ出すことで許してほしい。その時まで、人間として持ちこたえることは難しそうだが。

「萱野さん、しかし刑というものは人を罰するためのものではなく、更正のためのものでなくてはなりません。人の死をもって贖うのは、更正の余地がない場合で、少なくともあなたは違う」

「……更正は、良心の呵責があってのことですよね？」

「そうです」

「本当に良心の呵責を覚えたら、人を死に追いやって、自分だけ生きていることなんてできるわけがない。たとえ遺族が許すと言ってくれたとしても」

「――」

真壁は顔を強張《こわば》らせてから首を小さく横に振った。

「とにかく、再審請求の取り下げを急ぐ必要はありません。よく考えていきましょう」

「先生、俺は」

「萱野さん」

椅子から立ち上がりながら、真壁が真剣な表情で言う。

「僕はあなたに死んでほしくありません。死なないでください」

「……」

接見室から去る清廉な弁護士の後ろ姿を萱野は見送る。

世間では人に「死ね」と言う残酷さは理解されるのに、どうして「死ぬな」と言う残酷さは無視されるのだろうか。生き延びることで続く苦しみを、「死ぬな」と言った人間が肩代わりすることはできない。

本人が――萱野自身が苦しみ抜くしかないものなのだ。

二十一時の就寝時間になり、房内の明かりが暗くなる。それでも辛《かろ》うじて読書ができるほどの明るさだ。監視カメラとマイクで、萱野の生存は確認されつづける。この天井と、あとどれだけ向き合わなければならないのか。目をきつく閉じる。瞼の裏は薄っすらと明るい。

真の闇が欲しい。

なにも見えなくなる、自分の存在も掻き消してくれる闇だ。目のなかも耳のなかも口のなかも闇で満たされる——そんな絶対的な闇を、自分は知っている。

子供のころから繰り返し見てきた夢。

真の闇に呑まれていく自分の傍《そば》で、誰かが泣いていた。

萱野は身体を横倒しにして、左胸を掌で押さえた。胸の深い場所が軋んでいる。目の裏と鼻の奥が重く痛む。泣きたくなる。

あれはただの夢なのか、それともなにかの記憶の断片なのか。

瞼の裏がふいに一段暗くなった。鼻腔の奥に清浄な香りが拡がる。

——線香の匂い…？

訝しみながら目を開く。

「…………」

横倒しの身体に屋根を作るかたちで、男が覆い被さっていた。白衣に墨衣を重ねて輪袈裟をかけている。

しかし、そんなはずはない。こんな時間に緋角が単独房まで入ってこられるはずがないのだ。

目を瞑ったときに眠りに落ちて、これは夢のなかなのだろうか。

自分を見下ろす紅い眸は、きつく眇められていた。憤っているのがビリビリと伝わってくる。

「お前は、また簡単に死ぬつもりか」

唸《うな》るような声で詰問された。

「――なんのことだ」

「白を切るのか。死刑を確定するつもりでいるんだろう。真壁という弁護士から連絡があった。再審請求を取り下げるようにお前を誘導したのだろうと責めたてられた」

今日の午後の接見のあとのことに違いなかった。

「だったら、なんだと言うんだ？　覚えていなくても、罪は罪だ。刑罰を受け容れるだけのことだ」

「死に逃げするのか」

萱野は体当たりするように起き上がり、男を退けた。

据わった目で睨みつける。

「ああ、そうだ。逃げたいんだ」

背負いきれない罪と閉塞感で窒息しそうなこの生活から。

近くにいるだけで胸を掻き毟られるような気持ちになる、緋角隠也という存在から。

緋角の頬が引き攣《つ》り——侮蔑じみた笑みが口許に滲んだ。

「カヤ、お前は呆《あき》れるほど変わっていない。傲慢で頑なで、清らかだ」

手が伸びてきて、首筋の肌を軽く指先で押さえられた。

緋角の表情に切ないような色が混じる。

「そうして私を苦しめる」

胸の鼓動が強くなる。それを首筋の脈から読まれるのを恐れて、萱野は身体を後ろに退いた。

なにか自分でもよくわからない感情を読み取られないように、あえて強い声を出す。

「どうやってここに入った」

「隠《おん》の力をもちいた。この建物にはまったく理《ことわり》の加護が働いておらぬからな。お前にならその意味がわかるだろう？　とはいえ、私もずいぶんと長いあいだ眠っていたせいで弱っていた。ここに侵入できるほど力が回復したのは、お前のお陰だ」

「俺の？」

「お前と四度もまぐわうことができたからな」

セックスのことを持ち出されて、萱野は屈辱に身を強張らせる。

「そんなことで力が回復するのか」

「人を喰らうのがもっとも効率的だが」

「え？」

緋角が牙《きば》を見せて微笑する。

「鬼が人を喰らうなど、当たり前のことだろう？」

「……」

「どちらがいい？　ほかの人間が私に喰らわれるのと、その身を私に犯されるのと」

褥《しとね》に掌をついて、緋角が近づいてくる。

「逃げないのが答えか」

「——。ここには監視カメラがある。すぐに刑務官が来る。刑務官を操ったとしても証拠の映像が残る」

「そうか」

緋角はまったく気にする様子もなく、スウェットシャツの裾から手を差しこんできた。みぞおちに掌をひたりと当てられただけで、身体がざわつく。悪寒のなかにひそむ期待から、萱野は目を背けようとする。

「教誨の一時間では、ゆっくり可愛《かわい》がってやる暇もなかった。今日はとっくりとかまってやろう」

みぞおちから胸部へと手が這い上がる。萱野はその手をシャツ越しにグッと掴む。

「犯したいなら犯せばいい。よけいなことはするな」

「感じるのが恐いのか？」

「くだらない」

緋角の高い鼻梁を頬に擦りつけられるのが、こそばゆい。そのこそばゆさが唇に生まれる。唇が重なっていた。

いつもキスのときには鋭い牙で唇を傷つけられるのに、なぜか痛みがない。肉薄だけれどもやわらかみのある唇の感触だけを与えられていた。顔が急速に熱くなるのを萱野は感じる。

俯くかたちで唇を外し、咎《とが》める口調で問う。

「牙は、どうした？」

「ないほうが、しやすいだろう……ほら」

唇が衝撃も痛みもなく重なる。

当たり前のキスで、異性とは普通にしてきたことのはずなのに、追い詰められたような心地になる。

唇を啄《ついば》まれて、ゆるく吸われる。甘い痺れが拡がりそうになって唇を引き結ぶと、緋角に長い前髪を掻き上げられた。間近から顔を覗きこまれる。

「恥ずかしがっているのか？」

指摘されて、頭に血が上る。

「よけいなことはするなと言った」

「普通の人間同士のようにしているだけだが？」

「だから、それがよけいなことだと言ってるんだ」

「やはり痛いのが好みか」

そんな話はしていないと反論しかけたが、快楽しかない行為にはとても耐えられそうになかった。ぼそりと言う。

「いつもどおりにしろ」

視線を斜め下に向けて、命じる。

「早く……挿《い》れろ」

嗤いか溜《た》め息かわからない吐息をついて、緋角が腰に腕を回してきた。視界が横に回転する。緋角に背中を取られるかたちで胡座のうえに座らされた。腰に手が這い、衣類を下げられる。

緋角が着物の前を乱暴に掻き分けた。

剥き出しになった臀部に、なまなましく猛った器官がぶつかる。それはすでに行為を敢行できる状態になっていた。相変わらず、恐ろしい大きさだ。

挿れろと言ったのは萱野だったが、腰が前へと逃げる。

「なんで、もう、そんなに」

尻の薄い肉に男の指先がめりこんでくる。開かれた狭間に、ぬるつく亀頭をぐにぐにと擦りつけられた。

「お前の傍にいれば、簡単にこうなる」

簡素な襞が寄った窪みに重く蓋《ふた》をされる。

「あ」

まったくほぐされていない粘膜を陰茎でじわじわと拓かれて、萱野の腰は自然とよじれた。その脇腹を撫で上げられる。

ゆっくりと破壊されていくような痛みと苦しさに身を固くしながら、萱野は背後の男を横目で睨む。

「絶対に」

抑えた声で釘を刺す。

「絶対に、人間は喰うな」

緋角が性的な愉悦に目を細めながら囁いてくる。

「お前が約束をしたら、もう誰ひとり喰わずにいてやろう」

「なんでも、約束、する」

どうせ、この身でできることなどわずかしかない。

「――私がいいと言うまで死ぬな」

「……」

再審請求は取り下げるな、ということなのだろう。

緋角が飽きるまで、ここで身体を差し出して力を与えつづけなければならないのか。萱野かけてくる。

　答えに満足したらしく、緋角が本格的に腰を進めはじめる。巧みにねじこみながら話しは下唇をきつく噛む。血の味がしてから、ようやくわずかな動きで頷いた。

「しかし、あの真壁という弁護士も気の毒だな」

「ふ…ぁ…、っ、先生に、なにかしたら、許さない…っ」

　牽制《けんせい》する声に力が入らない。

「真壁になにかしたのは、カヤのほうだろう」

「——俺がなにを……あ、ぁあっ！」

　急に深くまで叩き挿れられて、体内にドッと衝撃が走る。

「は…っ、ぁ、…く」

　ペニスを粘膜に馴染ませながら緋角が揶揄《やゆ》する調子で詰《なじ》る。

「あれは、お前のことを好いている。お前が例のごとく、誑かしたんだろう」

　あまりにも予想外の指摘だった。

「……下衆の勘繰りだ」

「本当に気づいていなかったのか？　あの男も、お前をこんなふうにしたがっている」

　下から大きく揺さぶられて、萱野の身体が弾む。

「っ、う…、先生、は、お前とは、違うっ」

「善良そうな優男も、皮一枚めくれば詰まっているものは変わらない」

「違う――こんなの、は、普通じゃない……男、同士、で…、こんな」

強い腕に羽交い締めをかけられ、ずくずくと犯される。

「ひ、ぁ、ぁ」

「カヤ、お前はいやらしい姿をした聖人だ。見る目のある男ならお前のしてきた仕事に感服する。そして、穢《けが》してみたくなる。惑わせるお前が悪い」

「なか…こすれ、て…っ…っ…」

こみ上げてきそうになるものを懸命に押し止める。

「早く、出せっ、早く…」

「イきそうなのか？」

弾む性器に触ってくる手を、萱野は両手で退ける。

「さわ、るな」

「いまにも弾けそうだな。そういえば、まだお前の種を見せてもらっていない」

「俺のは、どうでも、いいから……早く――」

ふたたび羽交い締めにされたかと思うと、身体が後ろへと傾いた。緋角を下敷きにするかたちで仰向けに引き倒される。

とたんに、ぶわっと身体の芯が熱くなった。

「…な、にを」

「これがお前の一番感じるまぐわい方だ」

萱野は首をきつく横に振る。

「嫌、だ——これは」

緋角が軽く腰を使っただけで、腹側の内壁に硬い裏筋がゴリゴリと当たった。衝撃的な快楽に身体が弓なりになる。その伸びた脚に、緋角の長くて強い脚が外側から巻きつく。

監視カメラにすべてを映されているはずなのに、刑務官は来ない。

見慣れた狭い天井が揺れる。

揺れるごとに、背中の湾曲がきつくなる。手足が先端まで強張っていく。

晒《さら》された勃起《ぼっき》が重たく頭を振る。

「……ぃ」

奥歯をきつく噛むとイの音が漏れた。

後頭部が後ろに落ちる。緋角の右肩に項が乗っていた。左耳の真っ赤になっている丸みに牙が突き刺さる。

「ぁっ」

ペニスがドクンと脈打った。下腹部に力を籠めて堰き止めようとするのに、その力を崩すように緋角が細かく腰を突き上げる。

歯を噛み締めていられなくなった口が丸く開く。

腫れきった唇がぶるりと震えた。

その唇にまで、白い粘液が散っていく。

緋角の手に頬を包まれ、彼のほうを向かされた。まだピュクピュクと種を零《こぼ》している萱野の顔を、紅い眸が凝視する。唇に付着している精液を見られる。見るだけではなく、舐められる。

舐めながら、緋角が全身をわななかせた。

内壁を濃密な熱で満たされていく感触に、萱野の茎は先端から白い残滓《ざんし》を垂らす。

「誰かと…」

唇に牙を当てられて、抜くことなく結合部分をふたたび揺らされながら、萱野は朦朧《もうろう》と呟く。

「誰かと、こんなふうに、した」

女性としか交際もセックスもしてこなかったはずなのに、なぜかこんなふうに男に抱かれたことがあった気がした。

唇から尖った痛みが消える。

「……カヤ」

背中を包んでいる大きな身体が、快楽とは違うふうに震えた。

「思い出してくれ」

「——ひ、ずみ？」

緋角の顔を見ようとしたけれども、背後からきつく抱き直されて、もう確かめることができなかった。

四

単独房のなかに自分のものではない息遣いを感じる。

夢うつつに、また緋角《ひずみ》が夜這いにきたのだろうと考える。しかし今日は夕食後に個人教誨があってセックスをしたのだ。そのせいで、萱野《かやの》は消灯時間からほどなくして深い眠りに落ちたのだった。緋角との行為は心身に大きな負担がかかる。お陰で睡眠薬は必要なくなっていた。

「ん…」

大きく寝返りを打って、なんとか目を開ける。

なにかがおかしい。幾度か瞬きをしてから気づく。部屋が暗いのだ。天井の蛍光灯が切れかかっているのだろうか。部屋の隅は闇に沈んでいた。

「――緋角？」

いまも息遣いを感じているのに、緋角の姿はない。

訝しく室内を見回した萱野は、ドアの手前で視線を止めた。そこの闇に、藍《あい》色の光がふたつ浮かんでいたのだ。夜行性の動物の目だ。その目からして、かなり大きい生き物のようだった。

身動きしたら襲いかかられそうな気がして、萱野は布団のなかで息をひそめる。

だが、あの光る目はおそらく暗がりのなかでも室内の様子を捉えることができるのだろう。藍色の双眸はまっすぐ萱野へと向けられていた。

『萱野納《おさむ》』

名前を呼ばれた……呼ばれたといってもそれは音声ではなく、頭のなかに直接響いているようだった。

あれは、普通の人間でも動物でもない。緋角に近い存在なのではないか。

だとすれば、また房内の監視カメラは現状を映し撮っていないに違いない。緋角は就寝後よくここに訪れるが、それを刑務官たちはまったく認識していない。

緋角にその理由を問うと、「結界が目隠しになっている」と答えた。

建築現場でおこなう地鎮祭は土地の神に許しを得るのと同時に、結界を張る意味があるから、萱野にも多少はその意味が感覚的にわかった。

刑務官が来ないということは、監視カメラにはたぶん萱野の寝姿が映りつづけているのだろう。マイクのほうも同様に、結界内の会話や物音を拾っていないに違いない。

いま房内が極端に暗くなっているのも、結界の効力だと考えるのが妥当だろう。

その暗がりにひそむなにかを凝視していると、長いものがしなやかに床を叩いた。

——尻尾《しっぽ》…か？

鬼が人を喰らうように、この獣も人を喰らうのだろうか。死ぬことを救いだと思っているはずなのに、恐怖の冷たい汗が首筋を伝う。

『萱野納』

苛立《いらだ》った声が頭のなかに響く。それに合わせて、また強く尻尾が畳を叩いた。長い尻尾は先端だけ白いようだ。暗がりのなか、かすかに白い軌跡が宙に描かれた。

無言でいると、それがゆらりと動いた。左足首に重さを感じる。布団越しに体温とずしりとした重さが伝わってくる。痺れを切らした獣が、前足を萱野の足首に載せたのだ。

脚を引こうとすると、重さが増した。しかも、鋭い痛みが足首に走った。獣の爪が薄い掛け布団を貫いて皮膚に刺さっていた。

「痛…」

『お前は萱野納だな?』

「そ、うだ――お前は……お前も、おかしな力を持つ者なのか」

部屋の匂いを嗅《か》ぐ音がする。

『鬼の匂いがする』

藍色に光る目が猫科のそれのように細められた。

『あの赤鬼はよくここに来ているんだな』

赤鬼とは緋角のことに違いなかった。

「あいつの知り合い、なのか?」

『知り合いではないが、おかしな力を持つお仲間ではある』

どうして、得体の知れない者たちが次々に自分を訪ねてくるのか。

萱野は獣を睨み据えた。

「お前たちは、いったい俺をどうしたいんだ……俺がお前たちになにをしたっていうんだ⁉」

獣がしれっと言う。

『少なくとも、俺は夜這いをしに来たわけじゃない』

「──な、にを」

『隠しても無駄だ。いやらしい匂いが染みついてる』

また空気を嗅ぐ音がして、萱野は強烈な羞恥《しゅうち》に駆られる。

「お前には関係ない」

『いや、関係はある』

「どう関係があるんだ？」

『お前と性交することで、赤鬼の力は強くなっているだろう』

確かに緋角はそんなことを言っていた。

セックスするか人を喰らうかすると力を得られるのだと。

『あの赤鬼は、俺たちと敵対する勢力に与《くみ》する者だ──要するに、お前にとっても敵ということだな』

「……俺にとっても？」

『そうだろう？　お前をここに閉じこめたんだから』

その言葉に、萱野は思わず上体を跳ね起こした。獣の目がかなり近くに迫ったが、恐怖よりも驚愕《きょうがく》のほうが大きい。

「どういう意味だ？　お前はいったいなにを知ってる？」

『お前はあらぬ罪を着せられて、投獄されている』

心臓が震えた。

冤罪だと言ってくれた者は、本当に初めてだったのだ。

『俺と敵対する勢力によって、お前は放火殺人の罪を着せられた。そのことに気づいたのはつい先日だったが』

「で…でも、証拠や証人は、揃ってた」

『証拠は捏造《ねつぞう》、証人はどうせ向こうの手の奴らによる自演だろう』

「――――俺、は、人を殺して、ない？」

『そういうことだな』

萱野は自分の口許をきつく掌で押さえた。

堪《こら》える嗚咽《おえつ》に、全身が激しくわななく。

記憶になくても、人を殺してしまったのかもしれない。それは萱野に、自分が怪物になったかのような恐怖を与えつづけてきたのだ。

「う…」

足首から痛みが消えた。獣が爪を引っ込めたらしい。

萱野の嗚咽がなんとか治まるまで、獣は静かに待っていてくれた。

震える胸で深呼吸してから、萱野は改めて話しかけた。

「俺はただの建築士だ。わざわざ手のこんだ方法で罪を着せられた理由を知りたい」

『建築士だから、だ。お前は天星尺《てんせいじゃく》を使いこなせるだろう』

「天星尺――ああ、使う」

さしがねと呼ばれるL字型の定規は現在でも大工仕事に使われているが、古来の建築術――規矩術《きくじゅつ》では、それをさまざまな方法で活用していた。高校と大学の長期休暇のたびに世話になった宮大工の棟梁から、萱野はその使い方を教わった。

さしがねのメモリ部分には、数値のほかに文字が記されている。

財・病・離・義・官・劫・害・吉
この八文字だ。いにしえの大工たちは、建物の玄関を吉の倍数にしたり、官庁の建物は官の倍数にする、といったようにして、建物自体にさまざまな力を与えていた。また、病苦の「病」、離別の「離」、災害の「害」の目盛りを避けることで、禍《わざわい》を除《よ》ける効力も生まれる。逆にいえば、呪いをかけることもできたわけだ。

既製のパーツを組み合わせるような家造りをする現在の建築工法では不要な、忘れられた技術だ。

だが、萱野は天星尺に強い関心を持った。いや、正しくはその力を信じた、というべきだろうか。

さしがねは不思議と手に馴染み、昔から知っている器具のように直感的に応用して使うことができた。

それでももっと深い知識を求めて、秘伝の規矩術を探しまわり、自分の技術として取りこんでいった。

建築士となってからも、失われた古来の術式に拘《こだわ》りつづけてきた。いにしえの技術と自国で育まれた木材。その組み合わせが、自分が理想とする建築物にいたるためには必要不可欠であると強く感じたのだ。

緋角がこの単独房を初めて訪れたときに口にした言葉を思い出す。

『この建物にはまったく理の加護が働いておらぬからな。お前にならその意味がわかるだろう？』

あれは規矩術による理のことを指していたに違いなかった。

しかし、規矩術を駆使した自分の建築物で、連続放火という理から外れた禍が起こってしまったのだ。

「……俺が天星尺の使い方を誤ったせいで、禍を招いたんだろうか」

獣が答える。

『その逆だ』

「逆？」

『お前は失われたはずの天星尺の術式を、かなりのレベルで習得している。しかも、一介の人間でありながら、その術式を強化させる特殊な生体エネルギーを有している。それ故に、向こうの者たちにとって萱野納は厄介な存在だったわけだ』

「わからない。間違った建物でないのなら、なにがいけなかった？」

『あちこちに聖域があれば、禍を好む奴らは力を削られる。だからお前の造ったもののなかでも力のある建物を焼き、また新たな建築物を造れないようにお前を閉じこめることにした』

萱野は眉間に皺を寄せて沈黙した。

すぐにはすんなりと受け容れられないものの、理解できない話ではなかった。

理の力によって守られた建築物というのは、その周辺の空気までも浄化するものだ。体感としては、少しひんやりと感じられる。

社寺建築に顕著で、土地神を祀《まつ》った小さな祠《ほこら》でもそれこそ「聖域」と呼びたくなるような力を有するものもある。

こんなふうに奇妙な獣に教えられるかたちではあったが、自分のしてきた仕事が間違いではなかったらしいと知ることができたのは、建築に人生を捧げてきた者としては深い悦《よろこ》びだった。

だが同時に、心に大きな痼《しこ》りがひとつ生まれていた。

確認したくない気持ちがあったが、尋ねる。

「緋角は——その禍を好む者たちの仲間、なのか？」

獣が質問に質問で返してくる。

『赤鬼は、お前に冤罪だと教えてくれたか？』

無言で首を横に振る。暗がりでも夜行性の生き物の目には、萱野のことがよく見えているらしい。

『それならば、やはり禍を好む奴らの仲間なのだろう』

反射的に否定したくなった。

けれども、おそらくこの獣の言うとおりなのだろう。

緋角は萱野のことを萱野以上によく知っているようだから、冤罪であることもわかっていた可能性が高い。それなのに、そのことで苦しんでいる萱野を、素知らぬふりで苦しむままにしておいた。

逆に、性的暴行というかたちで繰り返し罰している。

「…………」

藍色の目がぐっと近づいてきた。

『なぜ、そんなに苦しそうな顔をするんだ?』

指摘されて、胸で痛みが増殖していることに気づく。

痛みがどんどん深くなっていく。

「……なんでも、ない」

『お前、まさか』

「なんでもないと言ってる!」

どうしてこんなに感情が荒れるのか。

暗闇のなかで自分自身すら把握できていないものを見透かされそうで、萱野は咄嗟に枕を手に取った。それを獣に叩きつける。

叩きつけたはずなのに、枕はドアにぶつかった。

左足首にかかっていた重みもない。

房内に、自分の荒れた呼吸音だけが響く。ふいに視界が明るくなった。天井の蛍光灯が息を吹き返したかのように、弱い光を放っている。

「っく」

その光に気持ちのなかまで照らされてしまいそうで、萱野は布団にもぐりこむ。

獣の訪問は、冤罪という新たな事実と、新たな胸の痛みを萱野のなかに残していった。


左足首に痛みを感じながら、十歩歩いてUターンし、ふたたび十歩歩いてUターンする。

拘置所の屋上にある狭い鳥籠のなかを延々と行き来しながら、萱野はおとといの夜のことを考えつづけていた。

藍色の目をした獣は、萱野に驚くべき情報を与えてくれた。

正直なところ翌朝目覚めたときには、冤罪願望のせいで夢を見たのかとも疑った。もし左足首に獣の爪を差しこまれた傷が残っていなかったら、本当に夢だったことにしていただろう。

傷は炎症を起こして、いまも痛んでいる。そして萱野はその傷を確認するように、いつもより強く運動場に敷かれた人工芝を踏む。

——夢じゃない……妄想でもない。

自分は、無罪なのだ。

おとといの夜と昨日一日はまるで世界が一転したかのような心地だったが、しかし今朝起きるとまた違う心境になっていた。

事実がどうあれ、自分の生活は変わらない。変わりようがないのだ。

獣の証言が真実であったところで、それを元に再審で有罪判決を覆すのは不可能だ。裁判官は荒唐無稽《こうとうむけい》な作り話だと判断し、萱野の無罪妄想が悪化したと見なすだけだろう。弁護士の真壁も、決して冤罪の路線では闘ってくれない。

結局のところ、自分はここに閉じこめられたまま死刑を待つしかないのだ。


消灯時間をすぎてかなりたってから、単独房を訪れた者があった。

緋角だった。

布団に横たわったまま彼の姿を目にした萱野は、胸に苦い痛みを覚えた。頭のうえまで布団を引き上げて顔を隠す。

「帰れ」

「なにかあったのか」

「――しらばっくれるな。お前は俺が無罪だと知ってたんだろ」

「ああ」

あまりにあっさりと肯定されて、萱野は布団を撥ね除《の》けて起き上がった。緋角を睨《ね》めつける。

緋角が落ち着いた所作で、両膝を萱野の布団の足元についた。僧侶の姿で端座する。

裏切られたような思いに、萱野は奥歯をぐっと噛む。

しかし思えば、そもそも緋角は別のことで萱野を深く恨み、罰するために現れたようだった。緋角にしてみれば萱野の苦しみを取り除いてやる謂《いわ》れはないのだろう。

それなのに、どうして裏切られたと感じ、こんなにも胸が激しく痛むのか。

「俺が無実の罪で苦しむのを見るのは、愉しかったか？」

「今生でお前にかけられた罪など、どうでもいい」

「どうでもいいって、お前も荷担したんじゃないのか」

「くだらない」

心底から興味のない様子だ。少なくとも、放火殺人には関わっていないらしい。

「私はただ、お前の私に対する罪を思い出させたいだけだ」

「……いい加減にしてくれ。俺がいつ、お前にそこまで恨まれることをしたっていうんだ？　二ヶ月前まで、お前に会ったこともなかったのに」

「今生ではな」

さっきも緋角は、その言葉を口にしていた。

「今生、今生って、なにが言いたいんだ？　今生じゃないなら、前世で会ったとでも言いたいのか？」

自棄《やけ》になって詰ると、緋角が真顔で見返してきた。その眸の緋色が濃縮されていく。唇がきつく横に引かれてから動いた。

「——そうだ」

「……」

前世など、いま勢いで口にするまで考えたこともなかった。

バカバカしいと鼻で笑おうとするが、緋角は痛みを堪える表情を浮かべている。

困惑しながら呟く。

「そんなもの、あるわけがない」

「事実だ。お前は私と前世で因縁があった。そして、私を苦しめた」

「……もし前世があったとしても、覚えてない。いまの俺には関係ない」

緋角が端正な顔を歪める。

「覚えていないなら、無罪なのか？」

「それは……」

覚えていなくても、この手で罪を犯したのならば贖わなければならないと思う。しかし、前世のことまで背負わなければならないものなのだろうか。

「お前は本当に、前世のことをなにひとつ思い出さないのか？　私のことも完全に忘れてしまっているのか？」

詰るように問われて、幾度かデジャヴを覚えたことを思い出す。

緋角の表情や、セックスの最中に、それは訪れた。

——もっと前にも、あった。

それは高校一年生のころ、宮大工の棟梁の下で初めて天星尺を手にしたときのことだった。前にもそれを手にしたことがあったような気がしたのだ。

「その、前世というので、もしかして俺は大工だったのか？」

緋角が手を前について身を乗り出した。

「思い出したのか、カヤ」

縋るようなまなざしを向けられて、頭の奥底のほうにビリッと電流が走る。同時に罪悪感めいたものが湧き上がってきた。

それが前世と繋がるものなのか、ただ反射的に起こった情動なのかは判別できなかった。

視線を逸らして、身体を後ろに退く。

「思い出したわけじゃない。ただなんとなく、そんな気がしただけだ」

硬い声で拒む。

緋角は自分のことを恨んでいる。

だからこそ、あの獣が言うところの禍を好む者たちと与しているのか。彼らは萱野の造った正しい建築物に火を放ち、その結果、四人が命を落とした。

それは萱野には決して許容できないことだった。

緋角が落胆したように肩を落とす。少しの沈黙ののちに、今度は冷ややかな低音で訊いてきた。

「冤罪だとお前に教えたのは、誰だ?」

あの獣は、みずからのことを禍を好む勢力と敵対する者だと名乗った。緋角には獣のことを告げるべきではないだろう。

「自分で考えた」

「嘘だな」

即時に見抜き、緋角が単独房のなかを見回した。

「おかしな気配が残っている——それに、獣臭い。誰だ?」

「……夢枕に神様が立ったから、それかもしれないな」

殺人を犯したのかもしれないという恐怖を取り除いてくれたのだから、萱野にとってはまさに救いの神だった。

緋角が形相を変えて立ち上がる。

「お前は前世で、神霊に尽くすために流浪《るろう》して歩き、ひとびとにも利用されて、非業の死を遂げた。また繰り返す気か？」

憤りに逆立った緋角の髪が伸びていく。

仁王立ちになった長躯《ちょうく》を包む僧侶の衣類は、みるみるうちにかたちと色を変えていった。

萱野はなにが起こっているのかわからないまま、口を半開きにしていた。

緋角がさまざまな色合いの紅葉《もみじ》の模様が織りこまれた錦の狩衣《かりぎぬ》を纏《まと》う。緋色の髪が、その胸元まで流れ落ちる。

鳥肌が立つ。

畏怖《いふ》を覚えるほど艶やかで、圧倒的な存在。これが本来の緋角の姿なのだろう。

紅い眸が見下ろしてくる。

「お前、カヤ」

わずかに甘みの滲む声で呼びかけられて、頭の芯が痺れる。

「戯《たわむ》れは仕舞いだ。なんとしてでも、前の世のことを思い出させてやろう」

緋角が覆い被さるように屈みこんでくる。背筋がざわめいて逃げようとすると、背中と膝裏に腕を通された。抱き上げられる。

「なに、を…」

「暴れるな。私から身体を離せば、壁に激突して命を落とす」

「え……――」

緋角が膝を軽く折り曲げてから、跳躍した。

天井にぶつかる衝撃を予期して、萱野は全身を硬直させた。だが、衝撃は訪れない。きつく目を閉じているのでなにがどうなっているのかわからないが、ぐんぐんと上昇していくのを圧力で感じる。

上昇がゆるやかになり、ようやく止まったようだった。

萱野はおそるおそる目を開き——次の瞬間、緋角の首に腕を回してしがみついた。

「な、な、な…」

舌が固まって言葉にならない。

風がヒューッと自分たちの周りを吹き抜けていく。足の下を風が走る。

宙高くに、浮いていた。
＊《アスタリスク》のかたちをした東京拘置所が真下に見える。金網を張られた屋上にある運動場。その小さく区切られた部分を、今日の昼もぐるぐると歩いていたのだ。
拘置所の周りには、建物がひしめく小菅の街並みが広がっている。

左下方には、車が行き交う首都高速中央環状線がある。

首都高の向こう側には荒川が横たわり、対岸の彼方には薄紫色に輝く物見櫓のような建造物が見えた。

東京スカイツリーだ。

萱野が収監されたころにはまだ建設中だった。写真などでは見たことがあったが、完成した姿をじかに目にするのは初めてだった。

自分がいまいるところも失念して思わず身を乗り出し、バランスを崩す。危うく落下しかけて、強い腕に抱き締められた。慌てて、緋角の首に腕を回しなおす。

こんな不安定な場所にいるのに、不思議な安堵感が胸に満ちていた。

——俺は……緋角を信頼してるのか？

これまでの所業を考えれば信頼していいわけがないのに、なぜか緋角が決して放り投げたりしないと確信している自分がいた。

またデジャヴめいたものが起こる。

昔、こんなふうに誰かに抱かれながら、人の住む場所を俯瞰《ふかん》したことがあった気がした。本当に前世があるのだとしたら、その頃の記憶なのだろうか……。

「距離を飛ぶから、目を瞑っていろ」

耳元で告げられて、素直に目を閉じる。するとまた強い圧力がかかった。身体が千切れるのではないかと思うほどで、必死に緋角にしがみつく。風圧で息が苦しい。意識が飛びかけてぐったりしていると、緋角の足が地面についたらしき衝撃が伝わってきた。

目を開く。

「あ…」

月光が木漏《こも》れ日のように降りそそぐ、夜の森のなかにいた。

「立てるか？」

問われて頷き、自分の足で地面を踏む。

人工芝とは違う、土のやわらかさと草のこそばゆさを裸足《はだし》で感じる。ゆるい上り勾配《こうばい》の獣道を歩いてみる。十歩二十歩三十歩、どこまでも歩いて行ける。

自由への歓喜がこみ上げてきて、いつしか萱野は走っていた。

木々の先にある月光が溜まっている場所へと、飛び出す。

そこにはぽっかりと空間が開けていた。雑草が疎《まば》らに生えた地面には掘り返された跡がある。

後ろから足音が近づいてきて、緋角が横に立った。

「どうだ。前世のことを、なにか思い出さないか？」

「……この場所で、なにかがあったのか？」

「ああ。ここには以前、社《やしろ》があった」

「社――」

この静かで美しい土地には、どんなかたちの建物が収まるべきなのか。その姿が自然と脳裏に浮かんでくる。

彫刻家には石や木のなかに彫り出すべきもののかたちが見えるというが、それと似たようなものだろう。

正しい、そうあるべきもののかたちが自然とわかるのだ。

「流れ造りの神殿で、正面の屋根を大きく伸ばして、軒反りは控えめ。地面の傾斜に合わせて、下支えの縁束《えんづか》の長さを調整する」

憑《つ》かれたように言うと、緋角に肩をきつく掴まれた。

「記憶が戻ったのか?」

「え、いや。ただ、ここに在るべき建物を思い描いただけだ」

答えながら緋角を見ると、彼は微笑と悲哀が混ざった表情を浮かべて萱野の肩から手を外した。紅い眸が荒れ地へと向けられる。

「確かにここには一年前まで、そのような神殿があった」

「やはり、そうか」

いにしえの宮大工も同じように正しい姿を見て、造ったのだろう。奇妙な満足感を覚えていると、緋角がつけ足した。

「お前が建てた社だった」

「——えっ?」

「前世で、お前が建てた」

緋角が萱野へと視線をそそぐ。

「お前が私を封じるために建てた。お前にしか開閉できないカラクリを仕込んだ社だ」

その言葉に、頭のなかで一気に無数の構想が溢れかえった。思考が鮮明になり、精神が昂ぶる。紙と鉛筆が欲しい。設計図を描きたい。震える声で呟く。

「羨ましい」

「なにがだ?」

「前世の俺が、羨ましい」

「俺もそんな仕事をしたかった」

「……」

しかし、それはもう叶《かな》わないのだ。口惜しさに、割れそうなほど奥歯を噛み締める。

長い沈黙ののち、緋角が狩衣の袂からなにかを取り出した。それを萱野へと手渡す。

途中で直角に折れ曲がった定規《さしがね》。天星尺だった。

緋角が抑えた声で言う。

「もう一度ここに社を建てれば、お前の記憶も甦るかもしれない」

「でも俺にはもうできない」

「建てればいい。腕の確かな宮大工を私が用意する」

「――――」

思いも寄らぬ申し出に、萱野は緋角を凝視する。

次第に心臓の音が強くなっていく。

「ほん、とうに」

緋角の腕を掴みながら問いただす。

「本当に、造らせてくれるのかっ」

もう二度と新たな建物を造れる日は来ないと思っていた。しかも新たな神殿を造る機会など、現代の建築士にはそうそう得られるものではない。

宮大工の棟梁の下で学ばせてもらってからというもの、それは萱野のひそかな夢だったのだ。

その夢が叶うのならば、鬼に魂を売り渡してもかまわない。

「ああ、建てろ」

悦びに身体が震える。

緋角が微苦笑を浮かべて顔をそむけながら呟く。

「お前は変わっていない。どこまでも残酷だ」

その横で、萱野の心はもう完全に、これから造る社へと吸い取られていた。地面を見て歩き、土を手で掘って残されている礎石《そせき》を確かめる。

礎石ひとつ取っても、建てた者がどのような姿勢で仕事に臨んでいたのかわかる。乗せる柱との結合のための細工を確かめて、萱野は感心する。

これがもし本当に前世の自分が手がけたものだったとしたら、誇らしい。

振り返って、緋角に問う。

「カラクリというのは、カラクリ箱みたいなものか？」

「ああ。巨大なカラクリ箱だな。やたらと入り組んだ仕掛けのあるものだ。物理的な仕掛けと、天星尺の力とを組み合わせていたようだ」

「そうか」

興奮に身震いする。

――きっと、これが俺の最後の建築物になる。ここに建っていたもの以上の、完璧な正しいかたちにする。

もし理想の建物ができたら、いっそ自分がそのカラクリの社のなかに入ってしまおうか。そこで死ねたら本望だろう。

冤罪でも、自分は死刑を免れ得ない。

少し離れた場所に立つ緋角を見る。口が自然と動いた。

「ありがとう」

「――」

緋角が一度口を開いて、なにかを言いかけてからやめた。

その表情が気位の高い、冷ややかなものになる。

「せいぜい励め」

五

教誨室の座卓のうえに、いくつもの寄せ木細工の箱が並べられている。一見すると美しい工芸品だが、そのどれもが曲者《くせもの》のカラクリ箱だ。小ぶりの箱なのに十個以上の仕掛けが組みこまれているものもある。

萱野《かやの》は手にしている箱をあらゆる角度から観察し、仕掛けをひとつずつ解いていく。そうしながら、これから造る社にどのような仕掛けを組みこむかを思案する。

仕掛けをすべて解除して次の箱に手を伸ばしながら、正面に座る緋角《ひずみ》を見る。

さっきから同じ箱をいじって、首をひねっている。その様子がおかしくて、萱野は腰を上げて膝立ちになり、緋角の手のなかの箱の二ヶ所を指差す。

「ここの引き出しを開けてから、こっちの引き出しの取っ手を押しこむんだ。そうしたら蓋が開く」

「よくわかるな」

「こういうのを解くのは好きなんだ。社寺建築の木の組み合わせも、似たようなものだろ」

「私も木組みは得意だが、この手のものは不得手だ。そういえばカヤは昔よく大工仕事の余った木材で、里の子供たちにカラクリ箱を作ってやっていたな」

「昔って、前世か?」

「ああ」

前世のことで、記憶として思い出せることは、やはりない。

けれども薄っすらと、繋がりのようなものを感じる瞬間がある。それらを掻き集めて組み立てれば、なにかが見えてくるのだろうか。

緋角のことも、思い出すのだろうか……。

「どうした?」

訊かれて、見詰めてしまっていたことに気づく。

気まずさを誤魔化すために、質問で返す。

「俺の顔は、前世と似てるのか?」

「驚くほど似てる。表情も、昔のものに戻ってきた」

緋角の目が細められる。

その目は今日は黒いままだった。紅い目と髪を見慣れてしまったせいか、違和感を覚える。

「緋角は、あの長い髪で狩衣を着ているのが、昔のままの姿なのか?」

「昔はいくらか若い見目だった。なんといっても五百年ほども封じられていたからな」

「……五百年?」

萱野は手にしているカラクリ箱を両手できつく握った。

自分の造った巨大なカラクリ箱のなかで、五百年ものあいだ緋角はどうしていたのだろう。

——恨まれても、仕方ないな。

緋角が自分を陥れた勢力に与しているらしいと獣から教えられたとき、とてもつらい気持ちになった。

それはたぶん、緋角の存在が自分のなかで大きくなっていたからだろう。

罰するようなセックスではあったけれども、牢獄に入ってからというもの、誰かとあんなに濃密に交流することはなかった。性器と一緒に、緋角という存在そのものを、深く挿《さ》しこまれたように思う。

……そういえば、山腹の森へと連れて行かれた夜を境に、身体を蹂躙されることがなくなった。

緋角は個人教誨の時間や消灯後の時間を、萱野とすごす。

だが前とは違って、社を造るために必要となる技術の集積にすべての時間を当てていた。

カラクリ箱しかり、専門書の差し入れしかり。

死刑囚としての生活は、肉体的自由がまったくない代わりに、研究ごとに費やせる時間はいくらでもある。いつか訪れる死の恐怖が背中に張りついていることに変わりはないが、いやだからこそ一刻の猶予《ゆうよ》もならないと凄まじい集中力を発揮できる。

目標ができたいまとなっては、冤罪なのに…と怨じる時間すら惜しかった。

真壁《まかべ》弁護士にも、再審請求の取り下げはしないことにしたと告げた。冤罪であるとわかっていながら公判で罪を責め立てられ、また人びとの口に上るだろうことは苦痛だが、いまは一分一秒でも長く命を繋ぎたい。

生きているうちに、社を完成させたい。

生きているうちに、緋角のことを、思い出したい。

焦燥感に駆られる。

「緋角、社造りのことなんだが」

「ああ?」

「施工図はかなり入り組んだものになると思う。それに寺社造りは木材の加工や組み方に熟練した技が必要になる。大丈夫だろうか」

「いくつもの寺社の建立や修復を手がけてきた連中に任せる」

「そうか。よかった……できれば俺が直接、現場で細かい説明をできるといいんだが」

わずかなりとも不完全な要素を残したくない。しかし、萱野納が獄中にいる犯罪者だというのは、世間に知れ渡っている。建築業界では、なおのことだ。大工たちと顔を合わせるわけにはいかない
すると、緋角がなんでもないように答えた。

「直接、説明すればよかろう」

「よかろうって、俺は死刑囚なんだ。外をうろついているのを見られたらまずい」

萱野の心配をよそに、緋角が余裕の笑みを浮かべる。

「いらぬ心配をするな。そうだ。今夜、紹介してやろう」

「……顔合わせをして、本当に大丈夫なのか?」

「私を信じろ」

萱野はカラクリ箱に視線を落とした。

前世のこと、自分と緋角の関係、いま感じているこの想《おも》い。

自分でもよくわからないことが多すぎる。けれども信じて進むことでしか見えてこないものもあるはずだ。

カラクリ箱から緋角へと視線を上げる。

「——信じる」

信じろと言ったのは緋角なのに、彼は驚いたように瞬きをした。そして目を伏せると、机上のカラクリ箱を集めだした。

「そろそろ、刑務官を起こす時間だ」

もう個人教誨の一時間がすぎてしまったのだ。緋角とすごす時間はとても短く感じられて、やる瀬ないような心地になる。

カラクリ箱を一緒に袋に仕舞いながら、萱野は胸で呟く。

——もっと、ずっと一緒にいたかったのに。

そう思ってから、首を傾げる。

どうしていま、「いたかった」と過去形で思ったのだろう。そしてこの、泣きたくなるような感情はなんなのだろう。

前にも、こんなことがあった気がした。

天井の蛍光灯の光が弱まる。布団に横になった萱野は扉のほうへと視線を向けた。暗闇とともに訪れた獣のことが脳裏をよぎる。

あれ以来、獣はここに来ていない。

緋角はこの単独房に結界を張ったと言っていたから、それで獣は入って来られないのかもしれない。

真実を教えてくれる獣の話をもう少し聞いてみたい気持ちはあったが、諦めるしかなさそうだ。

実際、いまの自分は救いの神ではなく、我欲を遂げさせてくれる鬼のことを待ちわびている。

視界にさらさらと、紅い絹糸のような髪が映る。枕元に立った緋角が、俯くかたちでこちらを見下ろしていた。逆しまに見える面立ちや狩衣姿は神々《こうごう》しくもあり、萱野は自分が待っていたのが鬼なのか神なのかわからなくなる。

紅葉の織りこまれた袂が降ってくる。

額を撫でられた。白檀の香りがする。

「疲れているか?」

見蕩《みと》れて反応しないのを、仕事の過労と思い違いしたらしい。

「ここのところ、毎夜のように眠らせていないな」

額からこめかみへ、こめかみから頬へと緋角の手が流れていく。頭のなかに細かな気泡が上がっていくような気持ちよさを覚える。耳の軟骨の曲線を指先でなぞられる。首筋に掌を押し当てられたとき、露骨に下腹部がぞくりとして、萱野は布団から飛び起きた。

「……大丈夫だ。疲れてない。昼間にここで正座しながら眠ってる」

「それならよいが。では、行くか」

緋角の手が伸びてきて、抱き寄せられる。

久しぶりの密着に身体が強張る。さんざん緋角に犯されたはずなのに、変に意識してしまう。

萱野の身体を両腕で掬《すく》って、緋角が立ち上がる。

「このまま一気に飛ぶから、よいと言うまで目を閉じていろ」

言われたとおりに目を閉じ、緋角の首に腕を回す。いつもと違う胸の鼓動が伝わりはしないかと冷や冷やするが、すぐに上昇と加速が始まり、必死に緋角にしがみついた。

意識が朦朧となったころ、着地の衝撃が起こった。

「う…」

「大丈夫か?」

「ん――」

このあいだの山腹の森ではなかった。

月明かりの平原のなか、渡殿《わたどの》で繋がれた壮麗な堂塔伽藍《がらん》が建ち並んでいた。正面にある建物は、威風のある見事な入母屋造《いりもやづくり》。屋根は檜皮葺《ひわだぶき》で、鎌倉時代前期の建築様式だ。細部まで匠の技が行き届き、木組みから化粧まで見事なものだ。

萱野はこれまでいくつもの社寺建築を見てきたが、これは間違いなく国宝級に類するものだった。

しかし、自分がこれまで知らなかったということは、世に知られていない建築物なのだろう。

ここはどこなのか、改めて周囲に視線を巡らせる。

そして珍妙なことに気づいた。

「芒《すすき》？」

いまは六月のはずなのに、穂をつけた芒があたり一面に生え、夜風に揺れている。

斜め後ろに立つ緋角を振り返る。

「どうして、秋なんだ？」

吹いている風も、秋の肌触りだ。その風に紅い髪を流されながら、緋角が答える。

「ここは私たちの結界のなかだ。人間世界の理とは違う」

「……それじゃあ、この建物は人間には見えていないのか？　勿体ない」

「なかも見るといい」

その言葉に、萱野は目を輝かせた。

「ぜひ、見たい」

緋角について正面の階段《きざはし》を上り、軒下を見上げる。吊《つ》るされた灯籠《とうろう》に照らされて、整然と並んだ垂木《たるき》が美しい陰影を作っている。幾何学的でありながら有機物の温かみがある。

細かく格子《こうし》の組まれた扉が横に滑り、内部の様子が露わになる。

広々とした空間にはどっしりとした丹塗《にぬ》りの丸柱が並んでいた。高い天井にも鮮やかな丹色の格子が一面に嵌められている。中央奥の一段高い内陣部分には筋骨隆々とした躍動感溢れる巨大な像が安置してある。その像の額にはふたつの角が生えていて、左右の手には日本刀が一本ずつ握られていた。

鬼神像の手前の空間に、背の高い行灯《あんどん》が四つ、正方形を描いて置かれている。その内側で狩衣姿の者が三人、円座を組んでいた。彼らの前には研《と》ぎ石が置かれていて、板床にはカンナやノミなどの大工道具が並べられている。どうやら、道具を研いでいるところらしい。

「あ、緋角様！」

十七、八歳に見える少年がパッと立ち上がって駆け寄ってきた。肩にかかる長さの髪は橙色《だいだい》で、髪の生え際に一本の白い角が生えている。

しかし彼は少し離れたところで立ち止まった。萱野を見て、つるりとした額に皺を寄せる。

「その男……」

緋角が萱野の背に掌を当てる。

「カヤだ。東雲《しののめ》も少しは覚えているだろう。カヤ、こいつは東雲だ」

東雲の後ろに、もうひとりの少年が隠れるようにして立つ。灰色がかった薄紅色の髪をしていて、やはり一本角が生えている。卵に目鼻の愛らしい顔立ちは東雲と瓜《うり》ふたつだ。

「あっちが灰桜《はいざくら》。東雲の双子の兄だ」

萱野が頭を下げると、灰桜だけがぴょこりと頭を下げた。東雲は橙色の目に警戒と苛立ちを滲ませたままだった。

「おうおう、本当に連れて来たのか」

軽く二メートルを超える背丈の、岩のような体格の男がのっそりと近づいてくる。彼は緋角と同じ三十代なかばぐらいの外見だ。いかめしい顔や立派な体躯《たいく》に反して、その髪と目の色は可憐《かれん》なピンク色をしている。角は二本ある。

「彼は石竹《せきちく》。社造りの現場の仕切りをしてくれる」

「宮大工の経験のある人なのか」

「人ではなく、鬼だがな」

緋角が薄く笑う。

「東雲と灰桜も、こう見えて腕は一流だ」

さすがに若すぎはしないかと不安を覚える。それを感じ取ったらしく、東雲が裸足を踏み鳴らして萱野の目の前に立った。十センチほど下から杏型《あんず》の目で睨め上げてくる。

「これでも七百歳だから」

「……なな、ひゃく？」

石竹が大きな手で東雲の頭をむんずと掴みながら言う。

「東雲も灰桜も、宮大工としての技術は保証する。この入母屋も俺たちの仕切りで建てた」

「え、この建物をか!?」

思わず出してしまった萱野の大声が、堂内に響き渡る。

「不満があるか？」

緋角に問われて、萱野は首を強く横に振った。

「これほどの技のある宮大工と仕事をできるとは、思ってもいなかった」

石竹がおかしそうに笑う。

「俺たちの下の大工たちも、仕事は確かだ。まぁ、伊達《だて》に長くは生きてない。ああ、それと、あれ」

内陣に置かれている鬼神像を示す。

「あれは、灰桜がひとりで彫ったんだ」

見開いた目で、萱野は巨大な木像と可愛らしい少年を交互に見た。

「君が、ひとりで？」

灰桜が恥ずかしそうに俯きながら頷く。

「……凄すぎて、夢みたいだ」

萱野は幸福を噛み締めながら、改めて三人の宮大工に深々と頭を下げた。

「お世話になります。なにとぞ、お力を貸してください」

「こちらこそ、よろしく頼む」

「よろしくお願いします」

石竹と灰桜が頭を下げ返してくれる。石竹に掴まれたままの頭を押されて、東雲も不服顔のまま頭を下げさせられた。


東雲、灰桜、石竹。すべて赤の系統色だ。

三人とも目と髪がその名と同じ色合いをしているが、角は白い。角が緋いのは緋角だけだ。

彼らはいわゆる「赤鬼」と呼ばれる種族なのだという。そういえば単独房を訪れた獄も緋角のことをそう呼んでいた。

石竹は気さくで磊落《らいらく》で、会うたびにいろいろと教えてくれる。

鬼は人間の世界に馴染みが深く、彼らは気が向くと角を隠して人に混ざって生活してきたのだそうだ。その際に大工仕事に携わる者が多くいた。

長く生きている石竹などは飛鳥《あすか》時代の建築物も手がけており、技術も知識も膨大だ。石竹の半分ほどの年の双子、東雲と灰桜にしても、人間の何世代ぶんもの技術を習得している。

緋角もまた五百年ぶりで腕が鈍っていると愚痴りながらも、高い宮大工の技術を備えていた。

いい大工は、道具を研ぐ時間が長い。三種類の研ぎ石で丁寧に仕上げ、万全の状態に保つのだ。萱野が訪ねていくとき、彼らはたいがい研ぎ石の前にいた。

萱野は単独房で朝から晩まで、設計図の作成に取り組んだ。全体的な造りから、細部の仕様まで何百枚と描き、赤鬼たちに見てもらった。その度に、現在では残されていない技術を教えてもらうことができた。

ただ、東雲が話の輪に加わることはなかった。彼はいつも離れた場所から萱野のことを睨んでいた。東雲は前世の「カヤ」のことを知っていて、憎らしく思っているらしい。

いつものように設計図を持って鬼のお堂を訪ねたある夜のことだった。

緋角が場を外したときに、東雲が萱野に飛びかかってきた。小柄な少年のはずなのにその力は凄まじく、萱野は床にどうっと倒された。仰向けになった萱野の首筋へと、東雲が鋭い牙を突き立てた。

「…ひ…っ、ぐ」

牙が深々と肉にめりこむ。本気で喰い千切る気だ。

すぐに石竹が引き剥がしてくれたものの、萱野の首筋は血だらけになっていた。石竹に羽交い締めにされながら、東雲が怒鳴る。

「お前が、俺たちから緋角様を長いこと奪ったんだ‼　それなのに、なんでまたのこのこ現れてんだよっ……また緋角様を誑しこんで、陥れるんだろっ」

「東雲、いい加減にしろ！」

石竹の野太い声が堂内に反響する。

「いい加減にしろはこっちのセリフだっ。石竹も灰桜も、こんな奴に手を貸して、なに考えてんだよ⁉」

興奮状態の東雲が血まみれの牙を剥き出しにして、萱野を威嚇《いかく》する。いまにも、ふたたび飛びかかりそうだ。

「灰桜、カヤの手当てを頼む」

石竹はそう言うと、東雲を羽交い締めにしたままお堂から出て行った。

灰桜が手ぬぐいを萱野の首筋にきつく押し当てて止血しながら泣きそうな顔で謝る。

「東雲が、ごめんなさい」

「……いや、きっと俺が悪いんだ」

前世の自分の所業に、東雲は憤っているのだ。

萱野にとっては記憶にない前世のことでも、東雲にとってはずっと今生なのだ。その憤りを萱野にぶつけたくなるのも仕方ない。

それは緋角もまた同じに違いない。

社の再建に携わることになり、この鬼のお堂を繰り返し訪れるようになってから、萱野は前世の存在を受け容れるようになっていた。

薬箱を持ってきた灰桜が手当てをしてくれる。

「東雲は緋角様のことが大好きなんです。だから、長いこと緋角様に会えなくてつらかったんです」

「——俺が緋角を封印したせいか」

灰桜が小さく頷いて、自分の角を指差した。

「緋角様の角だけ、色があるでしょう」

「ああ」

「特別なんです。特別に力があって、僕たちをまとめてくれる長《おさ》なんです。だから緋角様がいなくなっているあいだ、いろいろと、本当にいろいろと大変なことがあって……だから、僕もあなたのことが嫌いです」

嫌いだと言いながらも、灰桜は丁寧に傷口に軟膏《なんこう》を塗って包帯を巻いてくれる。

「でも、前ほどは嫌いじゃありません」

問いかける視線を向けると、灰桜が困ったように微笑《ほほえ》んだ。

「あなたの仕事への取り組み方は、嫌いになれないです」

そのありがたい言葉を萱野は噛み締める。

「——俺は昔のことを覚えてない。君は、昔の俺を知っているのかい？」

「覚えてはいます」

「前世の俺のことを、教えてくれないか？　知りたいんだ」

真剣に頼んだが、灰桜は首を横に振った。

「それは無理です。緋角様から、あなたには決して前世のことは教えるなと言われています」

「でも、思い出さなければならない気がするんだ」

「僕が教えても、それは思い出したことになりません。緋角様は、あなたに思い出してもらいたいんでしょう」

諭《さと》される。そして、確かにそのとおりだと萱野も思った。

背後で物音がして振り返ると、格子扉から緋角が入ってくるところだった。

灰桜の顔がさっと青ざめる。

近づいてきた緋角は、萱野の首の包帯を見て、目を見開いた。

「なにがあった?」

「なんでもない」

「なんでもないわけがない。灰桜、どういうことか説明しろ」

平板な口調が、かえって憤りを際立たせていた。灰桜が肩を狭めて震え上がる。

「あの……あの…」

口籠もる様子で、見当をつけたらしい。

「東雲か」

「あの、でも、東雲は…」

双子の弟を庇《かば》おうとして、灰桜が膝立ちして拝むように手を合わせる。

萱野は東雲を捜しに行こうとする緋角の前に立ちはだかった。

「俺が怒らせたんだ。だから東雲のことを叱《しか》るな」

「しかし」

萱野は緋角の力の籠もる肩をそっと掴んだ。眸を覗きこむ。

「緋角、いいな?」

唇をきつく横に引いてから、緋角は不機嫌そうに萱野の手を払い退けた。

しばらくして石竹と東雲が戻ってきた。おそらく石竹にかなり叱責《しっせき》されたのだろう。東雲は不服そうにではあったが萱野に謝った。緋角が凄い目で東雲を睨むから心配したものの、特に責め立てるようなことはしなかった。

その日は、朝の四時ごろに緋角にかかえられて、鬼のお堂をあとにした。

いつもは単独房に直行するのに、着地の衝撃を感じてから目を開くと、そこは河川敷《かせんじき》だった。

暁光を帯びた薄紫色の空に、星が溶け消えようとしている。

目の前には広い川、右手には電車の高架橋、背後には高い土手と高速道路。

川向こうの建物群のなかに、物見櫓《ものみやぐら》のように突き出した東京スカイツリーが見える。

ここは荒川の河川敷だった。

朝の風が水の匂いを孕んで流れてくる。その清々しい空気が、自分の内側までも通り抜けていくのを萱野は感じる。

身体も心も、薄紫色に溶けていくようだった。

閉じこめられている東京拘置所から徒歩数分の場所に、こんな朝が繰り返し訪れていたのだ。

左手首を掴まれて、くいと引かれる。

緋角に手首を引かれるままにゆるゆると歩く。

人ではない姿かたちをした鬼と、娑婆《しゃば》にいるはずのない囚人が、朝の散歩をしているのだ。

胸が細かく震える。自分が笑っているのかと思ったが、違うようだった。首筋の傷が脈拍に合わせて疼くから、心臓が強く速く打っているのだとわかる。

きっと手首の脈も、強く速くなっている。

それを緋角に気づかれるのが嫌で、掴まれている手を退《ひ》こうとすると、緋角が立ち止まり、振り向いた。

「逃げる気か」

「違う」

緋角がふと繋がっている手へと視線を落とした。その親指が蠢いて、動脈に触れる。もう間違いなく、強くて速い心拍を知られてしまう。

「これは……」

咄嗟に言い訳しようとしたけれども、誤魔化す言葉が見つからない。

緋角が手首を掴む角度を変えた。萱野の上向きになった掌に、緋角の手首が触れる。自然と、手首を掴み返した。

驚くほど強い脈拍を掌に感じる。

萱野が目を見開くと、緋角が目を細めてから前を向いた。萱野を引っ張るかたちで、また前を歩きだす。

川も橋も建物も、空の色に溶け落ちていく。

薄紫色の世界のなかで、緋角だけが見えていた。


河川敷から単独房に戻って、布団に横たわる。まだ、鼓動が強い。

——俺たちは、前世に、どんな関係だったんだろう。

たぶん、自分と緋角は当時も肉体関係にあった。そしておそらく、自分は緋角を拒絶してはいなかった。

それなのにどうして、緋角を社に封じたりしたのだろう。

罪悪感はなかったのだろうか。

『なんといっても五百年ほども封じられていたからな』

「五百年、か…」

自分は被疑者として拘置所に入ったころから数えても、まだ二年しか不自由な生活をしていない。生活空間は狭いものの、弁護士や刑務官という他者との接触は一応あった。五百年間も誰とも接することのない牢獄に閉じこめられたら……自分ならば間違いなく壊れてしまうだろう。

しかし緋角は壊れることなく、孤独と気の遠くなるような時間を乗り越えたのだ。その強靭さが、少し似た境遇にあるいまの萱野には痛いほどわかった。

噛まれた首がズキズキする。

――俺はいったい、どれだけ酷い奴だったんだ？

良心の呵責に苦しめられることになろうとも、前世のことを、せめて緋角に関わることだけでも、思い出したかった。

六

「最近、ずいぶんと調子がいいようですね」

接見室のアクリル板の向こうで、真壁《まかべ》が顔をほころばせる。

「はい。建築のことを考えていると、気持ちが落ち着きます」

「よかった。安心しました」

真壁が笑顔のまま訊いてくる。

「個人教誨のほうも続いているようですね？」

「話を聞いてもらえて、前向きになれています」

「……そうですか」

口許は笑ったままだが、目の笑いは消えていた。

「しかし、あの教誨師――緋角《ひずみ》さんでしたね。彼はどうなんでしょうか」

「どう、というのは？」

「一度お会いしましたが、いい印象は受けませんでした。そのうち、違う教誨師の方に話を聞いてもらうようにしたほうが、いいかもしれませんね」

やんわりとした言い方だったが、真壁が緋角に強い拒否感をいだいているのが伝わってきた。

視線が絡みついてくるのを感じる。

『あれは、お前のことを好いている。お前が例のごとく、誑かしたんだろう』

『本当に気づいていなかったのか？　あの男も、お前をこんなふうにしたがっている』

『善良そうな優男も、皮一枚めくれば詰まっているものは変わらない』

セックスの最中に緋角が言ったことが思い出された。

あの時は煽《あお》るための下種な揶揄だと断じたが、思えば法廷などでじかに接するとき、真壁はよく萱野《かやの》の肩や腰に触れてきた。

――まさか……いや、あり得ない。失礼なことを考えるな。

これだけ話をよく聞いてくれる良心的な弁護士は、そうそういない。くだらない勘繰りで彼を貶《おとし》めるのは間違っている。

爛れているのは、自分のほうだ。

社造りに没頭しながらも、ときおり淫《みだ》らな欲望を覚えてしまう。殺人の容疑を着せられて東京拘置所に入ってからというもの性欲などないようにすごしてきたのに、緋角によって欲望を熾《おこ》された。異性との経験では覚えたことのない、追い詰められる際どいセックスに籠絡《ろうらく》されてしまったのだろう。

ここのところは緋角と性的に触れあっていないのに――いや、だからこそ、欲望の澱《おり》がどろどろと溜まっていた。

しかしいくら昂《たか》ぶりを覚えても、監視カメラとマイクに見張られているなかでは、とても自慰をすることなどできない。

そうして、緋角に苛まれる夢を見る。目が覚めたとき、下着のなかは白い粘液まみれになっていた。そんなことが、もう何度もあった。

性的欲求がここまでコントロールできないものだと、この年まで知らなかった。

「萱野さん」

黙りこんでしまった萱野に、真壁が心配顔を寄せる。

「僕が教誨師なら、もっと傍で寄り添ってあげられるのに…」

なにかいつもと様子が違うように感じながらも、萱野は親身になってくれる真壁に感謝する。

「ありがとうございます。真壁さんに担当していただけてよかったと思っています」

萱野の顔は自然に笑みを浮かべた。赤鬼たちと接するようになってから、衰えていた表情筋が復活してきた。それは心が復活した証でもあった。

真壁が瞬きもせずに、痛いほど見詰めてくる。沈黙が続いていく。

「…真壁先生?」

訝しく呼びかけると、真壁が慌てた様子で身体を退いた。咳払いをして、鞄《かばん》からファイルを取り出す。

「いつ再審申請が通ってもいいように、いまから対策を練っておかないとなりませんね」

しかしそれからも、真壁は幾度も無言になった。無言で萱野を見詰める。

異変を感じたものの、接見時間が終わると萱野はすぐにそのことを忘れた。

カラクリ部分も含めた設計図と施工図ができあがったのだ。地鎮祭もすでにすませてあり、今夜からはいよいよ本格的な社造りに取りかかる。

いまの萱野にとっては今生の生き死によりも、前世に繋がる仕事の比重のほうが大きくなっていた。


夏の夜。いくつもの松明《たいまつ》の炎で、あたりは明るい。

その光を浴びながら、東雲《しののめ》が着物の諸肌《もろはだ》を脱いだ姿で長い木材にカンナをかけている。するすると薄い木屑《きくず》の帯が刃から生み出されていく。それだけで、彼がいかに熟練した技を持っているかが知れる。

萱野は木を組み合わせるパズルのような部分の加工をしながら、赤鬼たちの仕事ぶりに目を奪われていた。

高校大学時代に世話になった宮大工の棟梁には、なかなか筋がいいと言われたこともある萱野だったが、ここでは子供の手遊びレベルだ。

華奢《きゃしゃ》で優しげな灰桜《はいざくら》ですら、巧みに道具を使って次から次へと精緻《せいち》な仕事をしていく。組み立ての指揮を執《と》っている石竹《せきちく》の仕切りも見事だ。

彼らのほかに三十人ほどの赤鬼たちが立ち働いているが、見事に息が合っている。

既製品のパーツを工場で作る現在の建築工法とは違い、すべての部位を木から切り出し、継ぎ目には加工を施すのだ。しかも赤鬼たちは完成後は見えなくなる土台部分までも実に丁寧に仕上げていく。

それは贅沢で地道な作業だ。

萱野は夜にしか来ることができないが、彼らは交互に休憩を取りながら、昼も作業に勤しんでいる。

少しずつ着実に造り上げられていく社の骨格。その骨格の内部から月の浮かぶ空を見上げる。金槌が木と木を組み合わせていく心地よい音を聞く。

ずっとずっと昔にも、こんなふうにしていたことがあった気がする。

唇が勝手に呟いた。

「——緋角」

頬を滴《しずく》が伝う感触が起こる。木屑まみれの手指で顔に触れると、確かに濡れていた。拭っても拭っても、涙が零れる。

誰かに見られていないかと視線を巡らせる。離れた場所でほかの鬼たちと施工図を見ている、着物の片肌を脱いだ緋角の姿が目に飛びこんできた。

どうしようもなく胸を締めつけられて、萱野はそっと立ち上がり、松明の光から逃げた。森の暗がりへと入っていくと、ふいに工事の音が遠退き、明かりが見えなくなった。振り返ると、月光を浴びた空き地しかない。

静かな山腹の森のなか、萱野はひとりきりになる。涙がまた頬を伝った。

この涙は、悪夢を見て流すときの涙に似ていた。

誰かが泣いていて、それに心を痛めながら闇に呑まれていく悪夢だ。

もしかすると、あれは前世の記憶の断片なのだろうか？

――泣いているのは、緋角だった？

しかし、それでは辻褄《つじつま》が合わない。

断言はできないが、あの夢が前世と関わりがあるのだとしたら、死ぬときの記憶だったように思うのだ。たぶん死ぬというのはああいう感覚なのだろうと、ずっと思ってきた。

前世の自分は緋角を社に閉じこめ、緋角はそのまま五百年ものあいだ、外に出られなかったのだという。

それならば、「カヤ」が死ぬときに、緋角が近くにいたわけがない。

「……っ」

いまは考えごとをしている暇などない。

目に力を籠めて涙を堰《せ》き止める。作業に戻ろうとした萱野は、近くの木の下に人影があるのに気づいてビクリとした。

赤鬼の誰かかと思ったが、額に角はないようだ。

その人影がゆっくりと近づいてきて、月光の当たる場所で立ち止まった。

二十代前半の若者だ。どこかあどけない雰囲気の残る、綺麗な顔立ちをしている。彼は腕に黒猫を抱いていた。耳の先の毛がシュッと立っていて、胸には豊かな飾り毛がある。長い尻尾は先端だけが白い。目は藍色に光っている。

——藍色の目と、先だけ白い尻尾……。

「あ！」

大きさはまったく違うが、猫の特徴は単独房に現れた獣と一致していた。

「初めまして、萱野納《おさむ》さん」

若者が伏せていた目を上げた。

その眸が、腕のなかの猫のそれと同じ藍色に煌めく。白人の青い目とも違う、夜行性の動物特有の光り方だった。

「俺は、七森依冶《ななもりよりや》って言います。大学院生をしてます。この猫の姿をしてるのは藍染《あいぞめ》です」

猫が顎を上げて、見下すように萱野を見た。

『お前と会うのは二度目だな。あれ以降、鬼の結界に阻まれて部屋に侵入できなかった』

単独房でのときと同じように、頭に直接、声が響いた。

「やっぱりあの時の……何者なんだ」

萱野が呟くと、依冶が猫を咎めた。

「藍染、ちゃんと名乗らなかったの？」

『忘れた』

「それじゃあ、ちゃんと話を聞いてもらえなくて当たり前だよ」

ふっくらした唇を軽くへの字に曲げてから、依冶が申し訳なさそうに言った。

「これでも、藍染は山神なんです。僕たちは民俗学者の戸ヶ里《とがり》幸近《ゆきちか》教授と一緒に、ある活動をしているんです」

鬼がいるのだから山神がいてもおかしくはないが、名乗ったからと言って信用できるたぐいのものではない。ただ、大学教授のほうは萱野もよく知っている名前だった。戸ヶ里といえば、民俗学の第一人者だ。

「戸ヶ里教授の著作は読んだことがあるが——本当に教授が関わっているのか?」

「はい。俺は戸ヶ里教授の研究室に所属しているんです」

若者の藍色の目を、萱野はじっと見る。

「でも……君は、人間なのか?」

「この目、気になりますよね。でも俺は人間です。ただ……」

どう説明していいかわからないように口籠もる依冶の代わりに、藍染が面倒くさそうに答えた。

『依冶は俺のものだ。だから、この目を与えた』

しなやかな猫の身体が、依冶の腕からするりと抜けて、地面にトッと降りた。

『戸ヶ里に会わせてやる。ついてこい』

萱野の躊躇《ためら》いを見越したように、依冶が言う。

「緋い角の鬼が与しているかもしれない勢力について、どうしても知っておいてほしいんです」

「……君たちが敵対しているという？」

「そうです」

そのことは確かに知っておくべきことなのだろう。

藍染は冤罪を教えてくれた者で、ほかにもいろいろと事情を知っているに違いない。それに本当に戸ヶ里教授が関わっているのだとしたら、鬼はまさに彼の研究範囲だ。ぜひとも話と意見を聞きたかった。

「わかった。話を聞かせてもらう」

尻尾を立てて歩く藍染のあとを、依冶とともについていく。

五分ほど歩くと舗装された道が現れ、そこに一台の車が停まっていた。

その後部座席のドアを依冶が開ける。

「どうぞ」

促されてなかを覗きこむと、後部座席に座っていた四十代ぐらいの男が和やかな笑顔で迎えてくれた。

「建築士の萱野さんですね。以前から、あなたとお話ししてみたかったんですよ。こんな機会ですが、嬉しい限りです」

観音菩薩《かんのんぼさつ》に似た顔立ちは、戸ヶ里の著書の折り返しにある著者近影の写真と同じだった。

萱野は安堵して、後部座席へと乗りこんだ。

運転席に依冶が座り、藍染は助手席に収まった——と思いきや、助手席には男が座っていた。二十代なかばといったところだろうか。後部座席を振り返る男の顔は、猫科の鋭さと華やかさを備えていた。目は藍色のままだった。

緋角が人間の姿と鬼の姿を使い分けるように、藍染もまた獣の姿と人間の姿を使い分けているのだろう。

「ここは鬼の結界に近すぎるので、少し離れさせてもらいますね」

依冶がそう言ってから、ゆるやかに車を発進させた。

「元のところに帰らせてもらえるんだな？」

確認すると、藍染が助手席で伸びをしながら言う。

「話を聞いて、それでも鬼のところに帰る気になれればな——まぁ、まずは俺の質問に答えろ。お前はなぜ、神の牢獄を造ってる？」

訊かれている意味がわからなかった。

「……神の牢獄とは、なんのことだ？」

「とぼけるな。お前がいま山腹に造ってるやつだ」

「あれは社だ」

「ただの社じゃないだろう。神やそれに類するものたちが出られなくなる仕掛けがある」

そう言われれば、神の牢獄という呼称は納得がいった。

——牢獄に入っている俺が、牢獄を夢中で造ってるわけか。

改めて自覚すると、寒気がした。

そして、いまさらのように疑問をいだく。

――いくら俺に前世のことを思い出させたいからといって、普通なら自分が五百年も閉じこめられていた忌《いま》わしいものをまた造らせたりはしないだろうに……。

緋角にとっては二度と出現してほしくない建物のはずだ。

社を造れと言ったときに緋角が呟いた言葉が、ふいに記憶の狭間から滲み出てきた。

『お前は変わっていない。どこまでも残酷だ』

いまのいままで社造りに夢中になって緋角の気持ちを顧みなかった自分は、ずいぶんと身勝手だ。

黙りこんでしまった萱野に、戸ヶ里がまろやかな声音で説明する。

「神を封じる力があるもののことを、私たちは『神の牢獄』と呼んでいます。それは場であったり、建築物であったり、時には壺であったりします。人間はこれまで、世に災厄をもたらす禍《まが》津《つ》日神《ひのかみ》を、牢獄に封じてきました」

戸ヶ里の眸が煌めく。

「私はこれまでフィールドワークで、全国の社を回りました。特に社の解体作業がおこなわれる際は、できるだけ現場に足を運ぶようにしています。いまは七森くんたちも手伝ってくれているので、ずいぶんと楽になりましたが。そのなかで、いくつかの神の牢獄を見つけました。そして、棟札を確かめているうちに、気づいたのです」

建物には大工の名や建築時期を残しておく習わしがあり、それは棟札と呼ぶ。木や銅の板に記されていることもあれば、柱に直接記されることもある。

「頑強な神の牢獄の棟札に残された名は同じものでした――カヤという名です」

「……カヤ」

それは緋角によれば、萱野の前世の名だった。

「そのカヤという名の大工が、神の牢獄を造って歩いていたのです。おそらく禍津日神に悩まされていた村が彼を招き、建立を依頼したのでしょう。室町時代後期のことで、当時は戦も多く、凶悪な禍津日神も跋扈《ばっこ》していたはずです」

室町時代ならおよそいまから五百年前だ。

緋角が封じられた時期とも合致する。

助手席の藍染が確認してくる。

「お前は、カヤの生まれ変わりだな」

「覚えてはいない……でも、たぶんそうだ」

「それなら答えろ。どうして赤鬼のところで神の牢獄を造ってる？　俺たちを封じるつもりか？」

思いも寄らぬ問いかけだった。

「そんなわけが――」

咄嗟に否定しようとしたが、藍染の推測が間違っていると断言することはできなかった。

もしかすると、そういう裏の目的もあって再建することにしたのかもしれない。

バックミラー越しに依冶が視線を向けてくる。

「混乱させて、すみません。でもこれは俺たちには重大なことなんです。萱野さんが知らないうちに利用されている可能性もありますよね」

「……」

車中に沈黙が落ちる。長い沈黙ののち、萱野は重い口を開いた。

「緋角が与しているかもしれない敵対勢力というのは、その禍津日神たちのことなのか?」

依冶が「そうです」と答える。

「どうして、緋角が禍津日神たちと与していると思ったんだ?」

それには戸ヶ里が横から答えた。

「四年ほど前から、禍津日神たちが勢力を増しています。事件や事故の急増は、萱野さんもご存じのはずです。かの勢力は禍津日神を大量生産するために、人間によって取り壊された社に祀られていた神霊たちを味方に取りこんできました。ここのところは、彼ら自身がみずから強力な禍津日神を解き放つために人間を使って社を取り壊させている。緋角という鬼神の社を壊させたのも、彼らです。あの鬼神はずいぶんと長いあいだ、あなたの造った神の牢獄に封じられていたのでしょう?」

「……はい」

「長い牢獄生活から解き放ってくれた者に感謝の念をいだくのはごく自然なことだと、僕たちは考えています」

戸ヶ里の言うことは冷静で、理屈が通っている。

自分は人生の最後に完璧な建物を造りたい一心で、用途も考えずに社造りに没頭してきた。でもそれが、争いごとに使われるのだとしたら。

——……完成させてはいけない。

それはいまの萱野にとって魂を抜かれるにも等しいことだ。

しかしそれでも、禍津日神たちに利用されるかもしれない社を造り上げるわけにはいかない。

「話は、よくわかりました」

戸ヶ里と目が合う。まなざしから決意が伝わったのか、戸ヶ里が深く頷いた。そしてやわらかい声で言ってきた。

「萱野さん、僕たちと一緒に来ませんか？」

「……一緒に、とは」

「萱野さんが冤罪であることは確かです。このまま死刑になるのは間違っています。藍染くんや七森くんのお陰で、こちらに力を貸してくれる神霊も増えました。その力を借りれば、あなたをうまく人の目から隠しながら、命をまっとうしてもらうこともできるはずです。そうして、新たな建築物を手がけてはいかがでしょうか。あなたの造る建物には正しい力が備わっています。それが増えることで、禍津日神たちの力を弱らせられます」

藍染が軽い口調で言う。

「社を失ってしまった者たちに、お前が新たな社を造ってやれば、大喜びするだろうな」

それは夢のような申し出で、客観的に見ても救いのある道に違いなかった。

しかし萱野はすぐには返事をできなかった。

脳裏に、緋角の姿が浮かんでいた。もしここで戸ヶ里たちと行ってしまったら、おそらく自分は前世を——前世の緋角とのことを思い出せないままになる。

さっき零した涙の意味も、おそらく二度と辿れない。

戻れば、その先にあるのは死刑だとわかっている。

——それでも、俺は…。

自分の選択を口にしようとしたときだった。

突然、自動車が激しい風に吹かれてぐわんと揺れた。続けて進行方向に稲光らしき光の束がドンっと落ちる。依冶がそれを避けようとして大きくハンドルを切った。ガードレールもない森の斜面へと車が突っこんでいく。木に激突して止まったかと思ったら、今度は萱野の横の開きかけのドアが車体からすっぱりと切断された。

なくなったドアの向こうに、着物の片肌を脱いだ緋角が仁王立ちしていた。その左右の手にはそれぞれ日本刀が握られている。右手の刀の周辺の草木が風にバタバタと翻《ひるがえ》る。左手の刀には雷の閃光《せんこう》が絡みついている。

憤怒に燃える緋色の目が睨みつけてくる。

「……ひ、ずみ」

緋角が右手を振るうと、長い刀が掌に吸いこまれるように消えた。その手が車内に突き入れられる。

二の腕を掴まれた。肩の骨が外れそうな勢いで引っ張られて、車外に転げ落ちる。

助手席から藍染が飛び降りた。次の瞬間、その身体が大きな獣と化す。緋角に飛びかかろうとした藍染の前に、バッと灰桜が立ちはだかる。

藍染は中空でしなやかに身をくねらせて、灰桜のこめかみに大きな爪をぐさりと突き立てた。灰桜が大きくよろめきながらも両手で獣の胴体を掴み、空へと叫ぶ。

「東雲！」

木のあいだから、東雲が急降下してきた。その手に握られた槍《やり》カンナが、獣の右肩に突き刺さる。藍染が短く吼《ほ》え、灰桜と東雲を弾き飛ばした。

ふたたび緋角へと向かう藍染の前に、地鳴りとともに石竹が着地した。赤みを帯びた巨体の筋肉が、ぐわっと膨らむ。

「ここは俺たちに任せろ！　カヤを連れ去られたら厄介《やっかい》だ」

「ああ。頼んだ」

緋角は萱野の腹部を背後からかかえると、地を蹴った。あっという間に木々の梢《こずえ》を突き抜けて、空高くまで上昇する。

月にかかる雲が近い。ビョーッと強い風が吹いた。

緋角は空を駆け、社を造っている山の中腹を通りすぎた。そのまま山頂まで行き、ようやく地に降りる。降りたとたん、萱野は突き飛ばされた。

「逃げる気だったのか」

丈のある雑草のなかに座りこんだ萱野は首を横に振る。

「違う。戻るつもりでいた」

「嘘をつけ」

「嘘じゃない。ただ、彼らの話を聞いてみたかっただけだ。なにが起こっているのかを知りたかった」

「そんなことは必要ない」

緋角がすぐ横に立って、険しい視線を落としてくる。

「お前はよけいなことは知らなくていい。考えなくていい」

「でも」

「お前は私のことだけ考えて、社造りに専念しろ。いいな」

「……」

「どうした?」

地に片膝をついた緋角が、伏せられた萱野の顔を覗きこむ。間近に視線が重なった。

紅い眸がわずかに揺らぐ。なにか苦しいような呼吸をひとつしてから、緋角が顔を近づけてきた。

とても久しぶりに重なりそうな唇が、急速に熱くなる。わずかに顔を横にそむけて萱野は尋ねる。

「あの、社を、なにに使うつもりだ？」

「お前が知る必要はない」

焦《じ》れたように緋角が顔の角度を変えて、接吻《せっぷん》しようとする。

「――ら、ない」

呟くと、間近にある目が見開かれた。

「……なんだと？」

今度ははっきりと告げる。

「社は造らない」

緋角の髪が憤りにうねった。

萱野の両肩に、鬼の鋭い十本の爪がめりこんでいく。痛みに硬直する身体を、仰向けに押し倒された。スウェットシャツに赤い染みが広がる。

「あいつらになにを吹きこまれた」

「俺が、決めたことだ」

「――――設計図と施工図はある。お前がいなくても完成させることはできる」

萱野は痛みに引き攣る唇の端を無理に上げた。

「あの図では、完成しない」

「どういう意味だ？」

「最後の仕掛けは、図のなかに描きこんでいない。俺の頭のなかにしかな――っ、く」

爪がさらに深く突き刺さったかと思うと、一気に抜かれた。毒でも流しこまれたかのように両肩が激しく痛んで、萱野は身体をきつくよじって息を乱す。

鬼の爪がスウェットパンツのウエストに引っ掛かる。

布の裂ける音がして、下肢の衣類をズタズタにされていく。皮膚にも無数の爪痕が引かれた。

「ひ、緋角…」

「痛いのが、そんなに好きか」

緋角が眺めているところへと、萱野は視線を向けた。半勃《はんだ》ちのペニスが、破れた衣類のあいだから突き出ていた。キスされかけただけで、ここまで反応してしまっていたのだ。

ペニスへと、緋角の手が伸びる。

「……や――」

亀頭の小さな孔に、鋭く尖った爪の先がもぐりこむ。緋角が少し乱暴に指を動かせば、そこは衣類と同じように裂けてしまうに違いない。

恐怖のせいなのか、爪の周囲から透明な蜜がビュッ…ビュッと溢れる。ぬるぬるになった小さな孔のなかを、硬い凶器が行き来する。

「は…っ…は…ぅ…ぁっ、痛、ぃ」

性器の内部に、チクリと針で刺されたような痛みが起こる。

犯されている茎の先端に両手を伸ばす。少しでも痛みをやわらげたい一心で、孔の横に親指を添えて、左右に開く。真っ赤な亀頭が変形して、尿道の口がめくられるようにわずかに拡がる。

「もっと、いじってほしいのか」

「ちが……ぁ…ぁ」

爪の抽送《ちゅうそう》が激しくなる。

ペニスが内側から煮える。半勃ちだったものは、いまや完全に膨らみきっていた。爪を食べている細い管が奥までヒクヒクしている。

緋角の左手が脚のあいだに入ってきた。指の腹で後孔を押さえられる。そこの襞も切羽詰まったようにヒクついていた。

「さもしい蕾《つぼみ》だ」

薬指が粘膜のなかに沈んでくる。爪で内臓を引き裂かれる痛みを予期したが、しかし訪れたのは肉を分けられる卑猥な刺激だけだった。左右の爪を別々に変形させているらしい。

「く…ふ…」

薬指を根元までくぷりと咥《くわ》えた内壁がしゃぶるように蠢く。

後孔のまどろこしい刺激と、ペニスに受けている強烈な刺激とに、わけがわからなくなる。

「お、願、いだ――抜いて、くれ、っ」

緋角が眦を紅潮させながら問う。

「社を完成させると約束するか？」

「……」

萱野はきつく唇を噛み、首を横に振った。爪をさらに奥まで送りこまれて、尿道が拡がりきる。圧迫感と痛みに下肢が震えた。指を含んだ内壁がきつく締まる。

「あー…あー…」

口から声とともに涎《よだれ》が零れる。

痛みと恐怖のなかに、強烈な性的興奮が混じっていた。射精してしまいそうになったところで、体内から爪と指が抜かれた。

抜かれても、二ヶ所の粘膜は熱いまま引き攣れている。強張る萱野の両脚がぐいと拡げられ、持ち上げられた。身体を腰で折られ、脚を男の片肌脱いだ肩にかけられる。

破かれた布のあいだを縫って、陰茎が差しこまれる。

「あっ、あ、ひ」

窄まって震えている蕾に重圧をかけられる。挿入が深まるたびに、萱野の脚は大きく跳ねた。その跳ねる動きが止まる。

「なんだ、もう放ち終わったのか」

緋角の指が捲れ上がったシャツから覗く腹部を撫でた。萱野の目の前に、中指が差し出される。それには濃密な白い粘液がまつわりいていた。

挿入されながら、知らぬうちに射精してしまったらしい。

しかし、性器はいまだに熱を持って腫れたままだ。

白濁の絡んだ指を、緋角が自身の口許へと持っていく。萱野に見せつけながら、種を舐め取る。とろりとした粘液が品のある唇を伝う。

「…っ」

爪でほじられた尿道が、激しくなる脈拍に合わせて疼く。

緋角の両手が草地につく。そうして上体を前傾させると、長い髪が雪崩《なだ》れるように萱野へと垂れた。

肩に脚を載せられている萱野の腰は高々と上がり、苦しい体位になる。そのまま、上から叩きこむように犯された。

「……ぅ、……ぅ、……ぅ…っ」

身体を圧迫されるたびに短い呻き声が漏れる。

斟酌なく腰を使いながら、緋角は萱野のシャツも裂いた。露わになった胸をまさぐられる。左の乳首に鋭い爪が乗る。チクチクと刺激されて、小さな粒がどんどん凝《こご》っていく。

凝りきったところで、爪が乳頭を刺した。

「ぃ、たぃ…ぃ」

胸から身体の芯へと熱いものがドッと流れるような感覚があった。

今度は、射精したのがはっきりと知覚された。

絶頂の最中も緋角の性器できつく体内を捏《こ》ねられる。

「ぁ…あっん、ああ」

抑えようもなく声をあげながら、萱野はなにかが空から降ってくるのを焦点の合わない目で見る。

すぐ傍で重い着地音がした。

緋角が腰の動きをゆるめずに上体を起こす。

「手を煩《わずら》わせたな」

右肩に東雲を、左肩に灰桜を座らせて担いだ石竹がニッと笑う。

「あの人間ふたりもちょっとした術を使うから手こずったが、まぁ俺たち三人にかかれば敵ではない。山神は人間たちを乗せて退散していった」

東雲がふてくされたように言う。

「俺は追っかけて仕留めようとしたんだけど、石竹に止められた」

「あれは深追いしていい相手じゃない。それに灰桜の傷が思いのほか深かったしな」

「大丈夫です。このぐらい」

灰桜が気丈に言うと、東雲が石竹の肩から飛び降りた。

「顔の左半分、血だらけじゃないか。それもこれもカヤが悪いんだ……それなのに、緋角様に可愛がられて、なんなんだよ」

東雲に手を取られて、灰桜も地面にトンと降りた。

改めて人前で犯されていることを認識させられて、萱野は絶頂の余韻に力の入らない身体でもがいたが、繋がりは外れない。

「灰桜、来い。傷を見せろ」

性交中の緋角が招くと、東雲が灰桜の手をぐいぐいと引っ張って近づいてきた。

「ほら、ここ。酷い傷だよ」

「どれ——うむ、これは深いな。可哀想なことをした」

灰桜の傷を検《あらた》めた緋角が、ふと口角を上げた。

「そうだ。よく効く治療がある」

乱暴に繋がりを外されて、萱野は身体をビクビクとさせた。暴行が終わったのかと安堵する暇もなく、腰を掴まれた。背後からふたたび挿入されて、背面座位の体位になる。

目の前に、東雲と灰桜が立っている。石竹は少し離れたところに立っていた。

下肢に残っていた布の残骸が緋角の爪と手で、破られ、取り除かれる。白濁と先走りでぬるぬるになったペニスが完全に露出する。

「カヤの肉を喰わせてやることはできないが、そのぐらいの傷なら口を使えば完治するだろう」

侮蔑のまなざしをカヤに向けていた東雲が大きく頷く。

「そっか。それがいい」

「ぼ、僕は大丈夫です。こんなの、すぐに治ります」

あと退《ずさ》る灰桜を東雲が引き戻す。

「その可愛い顔に傷が残ったら困るよ」

「東雲だって、おんなじ顔してる」

「違うな。灰桜が可愛いんだ」

東雲が灰桜の後ろに回って、着物の裾を左右に開いた。褌《ふんどし》の前を横に寄せると、華奢な身体に不釣り合いな大きさの性器が露わになった。その姿で弟に背後から押された灰桜の下肢が、萱野の顔の前に差し出される。

「ちょっと、東雲っ。やだよ、恥ずかしい」

てろんとしたやわらかな茎を東雲が持ち上げる。そして、少し残忍な声で言う。

「灰桜はカヤといると、楽しそうだよな。本当はこういうこと、して欲しかったんじゃないの？」

弟の指が先端の皮をめくると、サクランボのようないたいけな色合いの亀頭が覗いた。

緋角が耳許で囁く。

「口で奉仕してやれ」

なにを言い出すのかと、萱野は困惑する。

「なんでそんなことっ」

灰桜と性的行為などできるはずがない。優しくて清らかな少年なのだ。

「お前と深く触れあえば傷は治る」

「……でも」

萱野の口に緋角の指がかかった。唇の狭間を開かれる。

「お前のせいで灰桜は深手を負ったのだぞ？」

責任を取れと、結合部分を下から揺すり上げられた。

「ああっ」

唇が丸く開いてしまう。

その開いた場所に、東雲に握られた灰桜の陰茎がくぷんと入る。

「や…やだ、東雲っ…、熱くて……とろとろ…してる…ぅ」

唾液まみれの口腔に過敏な器官を含まれて、灰桜がヒクヒクと身体を震わせる。

緋角に揺らされながら少年のペニスを含まされて――萱野はなけなしの理性が崩れていくのを感じる。口のなかのサクランボの実を舐め上げる。

「ひゃっ」

灰桜が甲高い声をあげて、腰をきつくよじった。

「そん、な、舐めないでっ――あ、ン…あ、かたく、なっ、ちゃう」

訴えのとおり、少年のものはすぐに強張りだす。張り詰めた表面に舌を絡めて、裏筋を伸ばすように吸う。すでに口に余るほど膨張している。緋角のものから考えても、生殖器の異常な大きさは鬼族の特徴なのだろう。

「灰桜、気持ちいいんだ？」

東雲が腹立ちと好奇心が混ざった声で問う。

灰桜はもう、弟に支えてもらわないと立っていられないようなありさまだった。足腰をガクガクさせながら、回らない呂律《ろれつ》で答える。

「きも、り、い…ぃ――ぁ、ふ」

緋角の両手が後ろから萱野の頭を挟んだ。前後に大きく揺らされる。

少年の屹立《きつりつ》が口の輪を通り、ぷつんと抜けた。それがまた亀頭から唇のなかへと消えていく。

「灰桜のパンパンに腫れてる。やらしい」

上擦った声で東雲が言葉でいじめると、灰桜がすすり泣く声をあげる。

ぬぷぬぷと強制的に抜き挿しを繰り返させられている茎が、萱野の口のなかでビクビクッと弾んだ。

「れ…る…れるっ」

舌に、粘度の強い体液を噴きかけられていく。

少年の性器が抜けたのと同時に、口内に放たれたものがどろっと溢れた。摩擦で腫れきった下唇を乗り越えて、顎から粘糸が滴り落ちる。

灰桜の膝がかくんと折れて、草地に腰を落とした。東雲がそっと兄のこめかみに触れる。

「よかった。傷が塞がってる」

痴《し》れた顔で東雲を見ていた灰桜が背筋を弓なりに伸ばした。兄弟の唇が淡く、くっつく。東雲はふるりと身体を震わせて、灰桜の横に座った。そのまま、兄弟が啄みあう接吻を繰り返す。日頃からよくしている行為らしい。

灰桜の舌が東雲の口のなかに入っていくのが見えた。勝ち気な弟がみるみるうちに劣勢になっていく。灰桜が目元口許に笑みを滲ませる。

すぐ目の前で双子の身体がもつれながら草のなかに沈んでいくのを、緋角の性器に体内を激しく打たれながら萱野は凝視する。ふたりはごく自然に、身体の上下を互い違いにする姿勢になった。四つん這いになった灰桜が、仰向けに倒れている弟の着物の裾を捲り、褌を乱した。東雲のほうも自分の顔のうえに差し出されている兄の茎に手を伸ばす。

「く…ん…」

「ふ、ぁ…んう」

兄弟が互いの性器を口に含んで貪る。東雲の剥き出しの脚が膝を立てて震える。灰桜の腰が淫らにしなる。

緋角が少し離れたところで胡座をかいている石竹に声をかける。

「ともに愉しめ」

すると石竹は困ったように頭を掻いて、大声で答えた。

「俺に衆道の趣味がないのは知ってるだろう。おなごなら選《え》り好みせんが」

「いつまでたっても無粋な奴だ——カヤ、なにをしてる?」

「ん…、ぁ…？」

愛らしい兄弟の性戯を見ているうちに、知らぬ間に自身のペニスを両手で扱いてしまっていた。手首を掴まれて、性器から離させられる。

双子の身体がほぼ同時に大きく跳ねて、くったりとする。

「灰桜、東雲」

緋角が呼びかけると、ふたりはだるそうに上体を起こした。その唇から零れる白い粘液が月明かりに光る。

「カヤはお前たちをとても気に入っているらしい」

肌を上気させた兄弟が、萱野のペニスに視線を絡ませる。先に動いたのは灰桜だった。萱野の前に両手をついて、お辞儀をするように頭を下げていく。弟の精液を乗せた舌で、萱野の亀頭を包んだ。

「やめてくれっ、灰桜っ」

物静かで賢い少年に、性的奉仕をさせるわけにはいかない。先刻、萱野は灰桜のものを愛撫《あいぶ》したが、それは治療という名目があった。

なんとか灰桜の舌から逃れようと、萱野は大きく腰を揺らす。そのせいで緋角のものに内壁をいがめられてしまう。

「う…」

動きを止めた萱野のものが、ふたたび灰桜の舌に捕まる。

不服そうに口を曲げていた東雲も、兄の横で両手をついて上体を伏せた。

灰桜の精液が、東雲の舌によって萱野のものに塗られていく。

二枚の舌が屹立の先端で蠢く。

「ふたり、とも、やめろ……ぁ、…」

兄弟の口が左右から茎を挟む。根元から先端まで、ずるずると同じ速度で行き来する。

「カヤ、どれだけ興奮しているんだ。お前は――なかが凄いことになっている」

腹筋も、会陰部も、体内もだくだくと波打っていた。蕾の襞が、緋角のものを断ち切ろうとするみたいに、きつく窄まる。

「緋角っ……緋角、頼むから、やめさせて、くれっ」

「それなら、社を完成させるか？」

「――」

頷けずにいるうちに、少年たちの奉仕は加速していく。双嚢と裏筋に同時に舌が這いまわる。段差を舐められながら、先端をすすられる。

ついには、亀頭を左右半分ずつ、兄弟に咥えられた。吸われて舐められて、甘噛みされる。

「ぁ、ぁ…」

緋角を喰らっている粘膜にまで耐えがたい快楽が拡がっていく。頭の芯がわなないた。

「つく、あああっ」

東雲と灰桜の口内や顔に、白濁を散らしていく。

羞恥と快楽と罪悪感で意識が飛びそうになったところで、緋角に羽交い締めにされ、身体を一緒に後ろに倒させせられた。

もっとも感じてしまう体位を取らされる。

「い…や…だ…」

首をカクンカクンと横に振るのに、最高の角度で男に突き上げられる。

しかも、その状態でふたたび双子が下肢に吸いついてきた。

萱野の会陰部や結合部分を、灰桜が舌先でくすぐる。

「緋角様の、凄い。こんなに、入りきれてない」

東雲が呟いて、挿入しきれずに長々と露出している緋角の陰茎に舌を這わせる。

もう呼吸をするので精一杯な萱野に、緋角が笑い含みに囁く。

「石竹を見てみろ」

揺らぐ視線をそちらに向けると、石竹は胡座を掻いたまま着物の前を大きくくつろげていた。その下腹からは五十センチほどもあろうかという棒が突き出ていた。それが石竹の性器であると、萱野はしばし理解することができなかった。

「お前のせいで衆道に目覚めてしまったらしい。責任を取って、あれを腹に入れてやってはどうだ?」

そんなことをしたら、きっと内臓が破れて潰れてしまう。首を必死に横に振ると、緋角が甘みのある声で訊いてくる。

「私のものがいいか？」

粘膜の弱い場所をゴリゴリといたぶられて、萱野は掴まるものを求めて手を伸ばした。触れた草を握り締めながら口走ってしまう。

「緋角のが、いい」

笑う吐息を頬にかけられる。

「それなら、好きなだけやろう」

身体の内側から壊すように全身を揺さぶられていく。

夜空を背景に右と左から、同じ顔をした少年たちが見下ろしてくる。堪えようもなくて、萱野は彼らに後孔で果てる顔を晒した。

七

緋角《ひずみ》が、泣いている。

その顔はよく見えないけれども、間違いなく緋角だ。

萱野《かやの》の心臓のほうが張り裂けそうになるほどの、悲痛な泣き方だ。牙を剥き、滂沱の涙を流す。

もう音は聞こえないけれども、口の動きから「カヤ」と繰り返し叫んでいるのだとわかる。

――もっと、ずっと一緒にいたかったのに。

闇に呑まれていきながら、萱野もまた涙を零す。

そうして、こめかみを涙が伝う感触で、目が覚める。狭い天井。ほんの数秒ののちに、起床時間を告げる軽快なメロディが単独房のスピーカーから流れだした。

萱野は止まらない涙を垂れ流したまま、機械的に起き上がり、畳んだ布団や枕を部屋の片隅に積む。ドアの前に正座をして、点呼の刑務官が来るのを待つ。

ドアを開けた刑務官は、涙でぐしょ濡れの萱野の顔を見て、わずかに顔を顰《しか》めた。点呼が終わり、ドアが閉まる。また、長い孤独な一日が始まる。

社を完成させることを拒否した一ヶ月前から、緋角の訪れはない。個人教誨も途絶えていた。

藍染《あいぞめ》という山神も現れないから、単独房には緋角の結界が張られたままなのかもしれない。

外に連れ出されたせいで——他者との深い関わりを体験してしまったせいで、囚人としての生活は以前にも増して耐えがたいものになっていた。

閉塞感よりも、ようやく再会できた緋角ともう二度と逢《あ》えないのかもしれないということがつらくて仕方ない。

前世の記憶を思い出したわけではない。

ただ、確信するようになっていた。

繰り返し見る闇に呑まれていく夢のなか、泣きながら自分を呼んでいたのは緋角だった。

子供のころから、自分は無意識のうちに緋角との再会を待ちわびてきたのだ。

前の命の最期に、あの闇に呑まれていきながら、緋角のことだけは忘れずにいようと誓ったのだと思う。誓いは夢となって、現世の自分に訴えていたのだ。

——それなのに、俺は…っ。

緋角のほうから訪ねてきてくれたのに、気づけなかった。

もし緋角が閉じこめられていた神の牢獄が壊されなかったら、今生で逢うことはできなかったに違いない。夢は夢として処理され、自分は緋角を孤独に閉じこめたまま、この世を去っていたのだろう。

もしかすると……そんなふうに、もう何度も気づけないままに生まれては死んでいたのかもしれない。

果たして人は、どういうサイクルで生まれ変わるのだろうか。しかし五百年も時間が経過しているのだ。その間、一度も生まれ変わらなかったというほうが不自然なように感じる。

自分はいくつもの前世を無駄に費やしてしまったのかもしれない。緋角を出口のない孤独のなかに放置して。

「緋角、すまない……すまない」

壁を凝視しながら呟きつづける。悔恨の涙は止まらず、食事もまともに喉を通らない。

また自殺でも図られたら厄介だと考えた刑務官たちが、教誨師を変えて個人教誨を受けることを勧めてきたものの、萱野は頑なに拒絶した。

自分が待っているのは緋角であり、自分が許しを請いたい相手もまた緋角だけなのだ。

午後になって、単独房のドアを開けた刑務官に告げられた。

「真壁《まかべ》弁護士との接見だ」

接見の予定が入っていたことすら頭から消え去っていた。瘦せて弱った脚で立ち上がり、接見室へと移動した。

アクリル板の向こうには真壁が座っていた。萱野を着席させてから、刑務官が退室する。

今日の真壁はいつもと明らかに様子が違っていた。励ます笑顔はなく、瞬きのない目で萱野を観察している。

「かなり痩せていますね」

心配しているわけではなく、ただ観察した結果を口にしているような冷めた言い方だった。しかし、なぜいつもと違うのかを考える気にはなれなかった。

「緋角…」

いま自分のなかに存在している唯一の存在の名を呟く。呟いたとたんに自制のしようもなく涙が零れた。拭っても無駄だと知っているから、そのまま頬を濡らしていく。

萱野のみっともない姿を目にした真壁が、両の口角を吊り上げた。使い慣れていない表情筋を使っているみたいに、頬骨のあたりが痙攣している。

「そんなに衆道のお相手が恋しいですか」

萱野が目を見開くと、真壁が椅子から腰を上げた。アクリル板に両手をついて、笑顔を張りつけたまま囁く。

「男が欲しいなら、あげますよ。いまも勃っているんです」

「……真壁、先生？」

「これまでさんざん尽くしてきたのに、ほかの男を咥えこむなんて、酷い人ですね」

ハッハッと忙《せわ》しなく息をしながら、真壁の手がアクリル板を押す。

そんなことで壊れるはずもなかったが——手が、ずぶりと透明な板を突き抜けた。

「うわっ」

驚きに、萱野は椅子から転げ落ちた。

目の錯覚かと思ったが、いまや真壁の腕は肘までこちら側に突き出ている。みるみるうちに二の腕が通り、続いて頭が突き抜けた。アクリル板の下回りについているデスクに膝を乗せて、前傾姿勢になる。

真壁の身体が萱野の横に落ちてきた。

アクリル板には罅《ひび》ひとつ入っていない。

——人間じゃ、ない。

真壁のかたちをしていて、おそらく肉体自体は真壁のものなのだろうが、違う能力を持つ者に乗っ取られているのだろう。教誨室で緋角が刑務官を操ったときと同じように。

「誰だ、お前はっ」

尻をついたままあと退って距離を開けながら、萱野は詰問する。

真壁がのろりと上体を起こす。

「迎えに来ました」

「だから、誰だと訊いてるんだ!」

赤鬼の誰かでもなければ、藍染に与している者でもないと感じていた。彼らとは違う勢力の者。

萱野はハッとして呟いた。

「まがつひのかみ?」

真壁が――真壁を乗っ取った者が、また口角を吊り上げた。

「よくご存じですね」

「どうして、真壁先生を……」

「建物のあちこちに鬼の結界が張ってあって、侵入するのにこの皮を調達しなければなりませんでした」

男の言葉を理解するのに数秒かかった。

――鬼の結界が邪魔になったってことは、緋角は禍津日神《まがつひのかみ》たちに与していないということか？

混乱する頭で考えているうちに、真壁の輪郭が二重になった。もうひとつの輪郭のほうが分離していく。

全体的に色素の薄い、眼鏡をかけたスーツ姿の男が、座りこんでいる真壁の後ろに佇む。

「白鳥《しらとり》と申します。萱野さん、お久しぶりですね」

萱野の目は大きく開いていく。その男に見覚えがあったのだ。

「証人…喚問の、……」

萱野が放火現場から逃走するのを目撃したと証言したのは、確かにこの男だった。白鳥という名前ではなかったが、間違いない。

『俺と敵対する勢力によって、お前は放火殺人の罪を着せられた』

『証拠は捏造、証人はどうせ向こうの手の奴らによる自演だろう』

藍染が言っていたことと合致する。

緋角が禍津日神と与しているというのは誤っていたらしいものの、放火殺人事件に関する部分は正しかったのだ。

萱野は憤りに震えながら、白鳥を睨め上げた。

「お前が俺を陥れたのか…っ」

「仕方がないでしょう。放っておくと、あなたは私たちの力をスポイルする建物をいくつも建てていくのですから」

「そのために四人も亡くなったんだ──俺を、俺ひとりを殺せばよかっただろうっ」

白鳥は肩を竦めて、胸の前で腕を組んだ。

「これまではそうしてきたのですが、どうせまたしばらくしたら君は誕生する。それならば生きたまま、しばらくここで苦しんでいてもらおうと思ったわけです。ところが、鬼が予想外の動きに出てしまった」

なんとか頭を整理しようとしていると、真壁が抱きついてきた。白鳥とはすでに分離しているのに、正常に戻れていないらしい。

「かや、の、さん──ああ、かやのさんに、さわってる」

萱野は真壁の肩を掴んで揺さぶった。

「真壁先生、しっかりしてくださ……んっ」

真壁の口が、萱野の口にぶつかってきた。驚いて押し退けようとすると、その手を白鳥に掴まれた。両腕を挙げるかたちにされる。

「なに——ん、…ぅ、どうして」

真壁の代わりに白鳥が答えた。

「彼は邪な欲望で腐っていたので、支配するのが簡単でした。いまは夢のなかにいるような状態で、自制心を失っています」

がっしりと抱きつかれて唇を舐められる。脚にスラックスの下腹を押しつけられた。真壁のものは石のように硬くなっていた。

「かやの、さん、おさむ……おさむ、おさむっ」

ゴリッゴリッとリズミカルに、脚にペニスを擦りつけられていく。

もがく萱野に、白鳥が耳打ちする。

「本当に嫌なら、弁護士の舌を噛み切ればいいでしょう」

「……」

そそのかされて一瞬、歯を剥きかけたが、真壁に危害を加えることなどできない。

きつく目を閉じて、真壁の忙しなくなっていく動きに耐える。

「ぅ、ぅ、ぅぅ、ぅぅぅぅ」

絶頂の震えが伝わってきた。余韻に浸るように真壁が腰を使うと、ぬちゃぬちゃと粘液が重たい音をたてた。布越しにもなまなましいぬるつきが伝わってくる。

白鳥が真壁のスーツの背中を掴んで萱野から引き剥がした。

「皮はここに置いていこうと思っていましたが、使いようがありそうですね」

独り言《ごと》のように呟いてから、笑みを浮かべる。

「では、行きましょうか」

「行くって――」

白鳥の姿が急に大きくなって、背後から萱野の胴体を鷲掴《わしづか》みにした。それは人間の手ではなく、巨大な鳥の足のようだった。

いったいなにが起こっているのか把握できないまま、身体がふわりと浮き上がった。一気に建物の階層をいくつも縦に突き抜けていく。

緋角のときと状況は同じだったが、目を開けていたせいで立てつづけに天井に激突していく恐怖を味わう。突然、視界が開けた。

午後の眩しい陽射しに目眩《めまい》がする。

「ひぃぃぃぃぃぃぃ」

東京拘置所上空で、真壁が尾を引く長い悲鳴をあげる。

大きな羽音がして、足元の景色が流れだす。それは次第に高速になっていき、萱野は目を開けていられなくなる。真壁の悲鳴がふつりと途切れた。どうやら失神したらしい。

緋角が空を飛んで萱野を運ぶときは、あれでもずいぶんと気を遣ってくれていたのだろう。白鳥の飛翔は身体の揺れが激しくて、常に落下の恐怖と隣り合わせだった。鳥の足のようなものに押さえつけられている腹部もつらくて、吐き気がこみ上げてくる。

どこかに到着して固い床に転がされてからも、萱野はしばらく身動きができなかった。なんとか目を開けると、フローリングの床が見えた。とんでもない場所に連れてこられたのかと思ったが、どうやら普通の住宅のようだ。

いくらか安堵しながら視線を動かすと、組まれた白いスラックスの脚が見えた。のろのろと視線を上げ、目を大きくしばたたく。

「……、……戸ヶ里《とがり》、教授？」

観音菩薩を彷彿《ほうふつ》とさせる面立ちは、確かに戸ヶ里教授のものだった。

——でも、戸ヶ里教授は禍津日神と敵対しているはずだ……。それなのにどうして、ここに？

混乱していると、戸ヶ里が綺麗に組んだ脚に頬杖をついて、萱野を見返してきた。その仕草や表情に、違和感を覚える。教授は飾りけのない和やかな雰囲気の人だった。

「兄とはもう会ったのだね？」

そう訊かれて、萱野は眉根を寄せた。

「あなたは……」

「戸ヶ里寧近《やすちか》。戸ヶ里幸近の弟だ」

「——教授の？」

言われてみれば戸ヶ里よりも若いようだ。兄弟ならばこれだけ顔立ちが似ているのも納得がいく。同時にわずかだが、安堵を覚えた。

白鳥は禍津日神だと名乗り、実際に萱野を冤罪に陥れた張本人だが、戸ヶ里の弟ならば少しは話が通じるのではないか。

萱野がなんとか身体を起こそうとすると、寧近が手を貸してくれた。ソファの横に座らされる。

ここは超高層マンションの一室らしい。大きな窓の下部にミニチュアのような街並みが広がっている。部屋はゴシック調で、採光はいいはずなのに妙にほの暗い。

広い室内に視線を走らせた萱野は、正面の壁の暗がりを凝視する。壁に、なにかが貼りつけられていた。どうやら手足を広げるかたちで壁に手首足首を固定された人間のようだ。一瞬、首がないように見えたが、それは意識を失って深く俯いているせいだった。

冷たい汗をかく萱野を、寧近が横から愉しそうに眺める。

「あれは、真壁先生、か。無事なのか？」

「君次第だね」

「……どういう意味だ」

寧近が萱野のほうに身体を傾けた。肩と肩がぶつかる。涙袋をせり上げた、三日月を横倒しにした目に間近から覗きこまれる。

「君が我々の依頼を請けてくれるなら、彼は殺さない」

「依頼内容は？」

寧近が目を閉じて囁く。

「神の牢獄」

「――」

「君は我々のために神の牢獄を造る」

萱野が身体を離そうとすると、寧近が肩に腕を回してきた。それを振りほどきながら立ち上がる。

「あれはもう造らない。そう決めた」

寧近が小首を傾げて微笑んだ。

「それは残念だ。――白鳥」

「はい」

いつの間にか、真壁の横に白鳥が立っていた。スーツの内ポケットから折りたたみナイフを抜く。白く光る刃が剥き出しになる。その刃が深く俯いている真壁の顎の下に入った。

「や、やめろっ」

白鳥がさらりと言う。

「使いようがあると思ったからわざわざ持ち帰りましたが、使えないのなら処分するまでです」

真壁は脅しの材料として連れ帰られたのだ。

白鳥の手首がわずかに動いた。数秒ののちに、刃物から白い指先へと赤い液体が伝いだす。

「真壁先生！」

駆け寄ろうとすると、寧近に手首を掴まれた。

「君次第だよ」

「っ……」

白鳥がまた手首をひねる。このままでは本当に殺されてしまう。白鳥たちは萱野が知るだけでも四人を焼き殺しているのだ。

これ以上、自分のせいで人が死ぬのは耐えられなかった。

「やめてくれ――頼む」

「神の牢獄を造る？」

寧近に問われて、萱野は項垂れるように頷いた。

「逃げたり謀《たばか》ったりしたときには彼の命はない」

もう一度、今度ははっきりと頷くと、ようやく白鳥が真壁の首からナイフを離してくれた。白鳥が赤く染まった刃に舌を這わせる。そのまま自身の手指についた血液も綺麗に舐め取った。

「……牢獄をなにに使う気だ」

「禍津日神に敵対する者たちを封じる」

「教授と一緒にいた山神のことか」

「藍染も、彼に与する者たちもすべて封じる。もちろん、兄も」

信じられないものを見るまなざしを寧近に向ける。

「教授を――お兄さんを、憎んでいるのか？」

「物心ついたころから、兄がこの世から消えてくれることを願いつづけてきた」

「どうして……家族なのに」

「家族でなければ、これほど煩わしく思うこともなかっただろうね。兄は素のままで親にも世界にも受け容れられ、私はどう足掻《あが》いても疎まれた。私が受け容れられる世界とは、兄が滅びる世界のことだ」

兄が滅びる姿を想像しているのか、寧近がうっとりとした表情を浮かべた。

八

凶悪な死刑囚・萱野納《かやのおさむ》の脱獄事件が世間を賑《にぎ》わせている。各種メディアはここ二週間、そのニュースで持ちきりだ。

報道によれば、脱獄の手引きをしたのは、国選弁護人である真壁信二《まかべしんじ》と見られている。彼は萱野と東京拘置所の接見室で会い、そのままともに失踪《しっそう》した。警視庁は全国の警察に協力を要請して、ふたりの行方《ゆくえ》を追っている。

萱野だけでなく真壁の顔写真も公開され、目撃情報は北海道から沖縄まで、すでに一万件を越えたそうだ。

それらの目撃情報はすべて間違っていた。

真壁は意識を混濁させられた状態で、一室に閉じこめられている。彼を人質にされている以上、萱野もまたここに留まって白鳥《しらとり》と寧近《やすちか》の要求に従うしかなかった。

萱野はまず、新たな神の牢獄の図面を引かされた。彼らの要望に合ったかなり大規模なものだ。緋角《ひずみ》のもののような複雑なカラクリではなく、堅牢さを重視した社だった。

ほとんど寝ずに、二週間かけて設計図と施工図を完成させた。

この牢獄には藍染《あいぞめ》たちや、もしかすると緋角たちまでも封印される可能性がある。できるだけ完成までの時間稼ぎをしたいのだが、仕事の進みが遅いと真壁を傷つけられるのだ。

製図を終えたのち、数日前からは社造りの現場に通っている。移動は巨鳥と化した白鳥によっておこなわれる。昼間にそんなものが空を飛んでいたら人目を引くだろうに、気にする人間がいないのは、結界で人目に触れないようにしているからだろう。

白鳥が用意した大工たちはやはり人外だったが、赤鬼たちと比べると仕事に対する矜持《きょうじ》もなく、ずいぶんと腕が劣っていた。

改めて、緋角が自分の建築に対する情熱を理解し、赤鬼たちが希有《けう》な職人集団であったことの贅沢さを思い知らされた。

――緋角はどうしてるだろう…。

拘置所の単独房には、ずっと緋角の結界が張られていたらしい。結界がどのようなものか具体的にはわからないが、少なくとも緋角は萱野のことを感知できていたのではないかと思う。だから萱野は緋角が訪れなくても、声に出して謝りつづけていたのだ。

しかし、ここではもう謝罪も届けられない。

緋角は当然、萱野が拘置所から消えたことを知っているはずだ。真壁ではなく人外の者によって連れ出されたことも把握しているかもしれない。

ベッドに仰向けになり、与えられている六畳間の天井を凝視する。そこに紅い眸を思い描く。

「緋角」

牢獄が完成すれば、白鳥たちが萱野を生かしておく必要はなくなる。

自分は緋角にもう一度逢えないまま、死ぬのかもしれない。

そうしたら、また自分は忘れてしまうのだろう。今生でわずかに思い出しかけている前世の断片も、今生で緋角と重ねたことも、忘れてしまう。もしまた生まれ変われたとして、次はもうなにも思い出せないのかもしれない。

焦燥感に身を焼かれる。

ひと目でいいから、逢って伝えたい。

前世を思い出せないまでも、その延長として今生で芽生えた気持ちを、緋角に渡しておきたかった。

いてもたってもいられなくて、ベッドから降りる。六畳間をぐるぐると歩く。窓は嵌め殺しで、ドアは開かない。物理的に施錠されているわけではないのだが、とにかく萱野の手では開けないのだ。

「…?」

萱野は立ち止まり、耳をそばだてた。

気のせいではなく、声が聞こえる。真壁の声だ。

「……、…くれ…たすけ、て」

なにか危害を加えられているらしい。萱野の仕事ぶりが悪いからと、またナイフで切りつけられているのかもしれない。萱野はドアに走り寄り、拳を激しく打ちつけた。

「真壁先生、真壁先生には手を出すな！」

足音が近づいてきて、ドアが開く。目の前に立った白鳥に、萱野は食ってかかる。

「真壁先生になにをしてるんだっ」

「ご自分の目で確かめてみますか?」

白鳥が軽やかな足取りで、真壁が閉じこめられている部屋へと歩きだす。萱野も廊下に出て、そのあとを追った。白鳥がドアを開き、まるでホストのような仕草でなかに入るように促す。

部屋へと走りこんだ萱野は転ぶように足を止めた。

自分がなにを目にしているのか、見ているのに理解できない。

部屋の中央に置かれたダブルベッド。そのうえで、光沢のある白くて長いものが、のたくっていた。太さは萱野の胴体ほどもあり、長さは何メートルあるのかわからない。

蛇。そう、蛇だった。巨大な白蛇だ。

「ぁ、ぁ…たす…け……」

真壁の手足が、力なくもがく。

彼は全裸で、白蛇に巻きつかれていた。ベッドのマットレスがキシキシと音をたてる。

蛇に絡まれている真壁の脚が大きく開かれる。

そうして晒された場所を、萱野は凝視してしまう。

真壁の会陰部の奥に、太い蛇の尾が消えていた。その尾が前後に動くたびに、まるでセックスをしているかのようにマットレスが揺れ、真壁が声をあげる。

「助けてくれと言いながら、彼はずいぶんとよさそうですよ」

隣に並んだ白鳥が耳打ちしてくる。

「あんなに勃てて、ぐしょ濡れにして」

信じられないことに、真壁の性器は白鳥の言葉どおりの状態になっていた。後孔を全開にされて蛇に犯されながら感じているのだ。

「ぁ…ひ、ぃ」

さらに深く尾を挿されて、真壁が身体を引き攣らせた。

腫れきったペニスの先から、白い粘液が宙へと撒《ま》き散らされていく。

蛇が先割れの舌で真壁の開いたままの唇を舐めると、朦朧となった真壁がみずからも舌を出した。蛇の舌と人間の舌が絡みあう。

良心を重んじるまっとうな弁護士が、堕とされていた。接見室でも白鳥によっておかしな状態にさせられて萱野に襲いかかってきたが、いまおこなわれていることは真壁の心身に対する破壊行為だった。

蛇が全身をくねらせて、粘膜から尾を引き抜いた。行為が終わったらしいことにわずかに安堵を覚えていると、寧近が部屋に入ってきた。ベッドの横に佇んで、真壁と蛇を眺めながら言う。

「前戯が終わったようだね」

寧近がやわらかい動きで手を伸ばし、蛇身をまさぐった。なにか奇っ怪なものが蛇の腹から現れる。

男の拳よりかなり大きい、白い楕円形《だえんけい》をしたものが双つ。それらは根元の部分でひとつになっていて、表面はぎっしりと棘で覆われている。

寧近がそれを撫でると、蛇が身をなまめかしくくねらせた。

「あれ、は……？」

怖気《おぞけ》立ちながら呟く萱野に、白鳥が説明する。

「見たことがありませんか？　蛇のペニスです。二本生えていますが、片方しか生殖行為には使いません」

その蛇のペニスの片方が、寧近に導かれて真壁の脚の奥に宛がわれる。

萱野は阻止するためにベッドに駆け寄ったが、白鳥に羽交い締めにされた。

「そんなものを、挿れるな！」

そもそも入るわけがない大きさだ。しかも近くで見ると、表面の棘はすべて下向きに生えていて、長く鋭い。

その純白のおぞましい性器の頭が、真壁の後孔へと押しこまれていく。

「ヒ」

真壁が必死に自身の下肢を見ようとする。

「痛、い、痛……、ぁあ、ぐ」

「やめろっ、先生を殺す気かっ⁉」

絶対に入るはずのない大きさのものが、少しずつ体内に入りこむ。

「前戯でほぐしてあるから大丈夫。蛇淫というだけあって、彼は性交がとても上手い」

真壁の虚ろな目が萱野に向けられる。

そのとたん、急に忘我の霧が晴れたかのように、真壁が目を見開いた。

「か、やの、――さん」

呟いて、首をきつく横に振る。

「嫌だ、見ないで、くださ……あ、ぁ、ぁ、…ひぃぃぃぃ」

白鳥がいくらか同情するように言う。

「すべて入ってしまいましたね。これでまる一昼夜は離れません」

「なにを言ってるんだ。早く抜いてやってくれっ」

「下向きの棘のせいで、一度入ってしまえば結合が外れることはありません。無理に外せば、それこそ彼の内臓がズタズタになりますよ」

「……そ、んな」

真壁の目に宿った理性の光が消えていく。

「ぁ、……あ…あー…あー……」

萱野の羽交い締めを解き、白鳥が愉悦を籠めて言う。

「君も男を知っているからわかるでしょう。いま彼の前立腺にはぎっしりと、あの棘が食いこんでいるのです」

真壁のペニスは勃起して、先端から白濁交じりの先走りを垂れ流していた。その先端を寧近が指先で撫でると、真壁がだらしなく舌を出して喘いだ。

萱野は憤りに身を震わせる。

「頼むから、なんとか——やめさせて、くれ」

「無理だと言っているでしょう。しかも、弁護士先生はやめたがっていませんよ。ほら、あの脚」

真壁はまるで女が男の腰をホールドするときのように、蛇の身体に脚を絡めていた。両腕も蛇に巻きつけている。

ヒィヒィとよがるその姿にはもう、清廉な弁護士の面影はまったくなかった。

「想い人にこんな姿を晒すなど、気の毒なことですね」

萱野は真壁から目をそむけた。

蛇を真壁から引き剥がすことはできない。いまの自分には、彼の無残な姿を見ないようにすることしかできないのだ。

白鳥が肩を抱いてくる。

「リビングに行きますよ」

その手を弾き落として、萱野はリビングに行き、ソファに座った。白鳥と寧近も移動してきたが、おそらく部屋のドアをわざと開けたままにしてきたのだろう。真壁のよがり声が聞こえる。

白鳥が林檎《りんご》の香りのするブランデースプリッツァーを三つのグラスにそそいで運んでく

る。ひどく喉が渇いていたから、萱野はそれをゴクゴクと飲んだ。こんなにも憤っているのに、カクテルは品のいい爽《さわ》やかな味わいだった。

グラスを乱暴にローテーブルに戻す。

「どうして、あんなことをさせるんだっ」

向かいのソファで白鳥が苦笑する。

「わかっているでしょう。君も緋角とさんざんやっているのですから。神霊は人間からエネルギーを得ることができます。そのための手段ですよ」

「俺…と、緋角は、違う」

緋角も力を得られるとは言っていたが、自分たちの行為は決してそれだけの目的ではなかった。

「確かに少し違いますね。神の牢獄を造れる君のエネルギーは、普通の人間より上位のものですから。とても、美味しそうです」

白鳥が舌なめずりをして続ける。

「真壁弁護士には今後、多くの禍津日神《まがつひのかみ》の栄養になってもらいます」

「……こんなことを、続けさせる気なのかっ」

「殺したほうがいいですか？」

「――――」

横で寧近が心地よさげに喉を鳴らす。

「そんな悲愴な顔をする必要はない。いまあの弁護士は、法悦を得ている」

真壁の悲鳴のような喘ぎが聞こえてくる。

「あんなのは快楽じゃない」

「凄まじい快楽だ。私もあの蛇神と交わったから知っている」

耳を疑う発言に、萱野は横の男を凝視する。

「交わった？　力の補給のためにか？」

「蛇神を飼うために。あの蛇神は、祀られていた土地神だった。しかしひとびとに忘れ去られ、社を破壊され、みじめなありさまで放置された。私は彼に手を差し伸べ、彼を私のなかに入れてやった」

戸ヶ里が以前、言っていたことを思い出す。

『かの勢力は禍津日神を大量生産するために、人間によって取り壊された社に祀られていた神霊たちを味方に取りこんできました。ここのところは、彼ら自身がみずから強力な禍津日神を解き放つために人間を使って社を取り壊させている。緋角という鬼神の社を壊させたのも、彼らです』

神霊を味方に取りこむ方法が、セックスなのだろうか。

「それなら、真壁先生は、あの蛇を飼うことになるのか？」

白鳥が噴き出した。

「ただの人間が神霊を飼えるわけがないでしょう」

「ここにいる彼は、人間ではないのか？」

「寧近様は強力な依代《よりしろ》です。ただびとは違います」

「依代？」

「その身に神霊を棲《す》まわせられるもののことです。依代となれる人間は、生まれ持っての資質と生育歴によって限定されます」

「そう。私はこの身に、何十という神霊を棲まわせている。白鳥が初めての相手だった。彼は私の依代としての資質を見いだし、大きな器に育ててくれた」

白鳥もまた神霊であり、空を飛ぶときの姿のほうが本体なのだろう。

「……。そのすべてと、そういうことを、したのか」

「人外との交合がいかに素晴らしいかは、君もよくわかっているはずだ」

こめかみを赤らめた萱野は、ハッとして寧近に問いただした。

「緋角の社を壊させたのはお前たちだと聞いた。………、緋角、とも」

寧近が小首を傾げる。

「緋角とも？」

「――緋角とも、したのか」

「なにを？」

わかっていないはずがないのに、寧近がアルカイックスマイルでわからぬふりをする。

「だから、セ、ックスをしたのか」

弓なりの眉が面白がるように上げられる。

「あの鬼が私とセックスをしたのかが、そこまで気になるとは」

「……」

寧近が顔を寄せてくる。

「したと答えたら、嫉妬をする？」

煽られているとわかっているのに、胸部に焼け焦げるような苦しさが生まれる。それが表情にも出たのだろう。寧近が満足げに目を細めた。

「緋い角の鬼は、本懐を遂げられて満足したに違いない。社が壊れたとたん、カヤと叫んで飛び立っていった。口説《くど》く暇もなかった」

敵と呼ぶべき男の証言なのに、萱野の胸は震える。

緋角は閉じこめられていた五百年間も、そこから解放された瞬間も「カヤ」のことを考えていたのだ。そして自分のところに来てくれた。

リビングから自室に戻っても、真壁のよがり声は聞こえた。次第に声が嗄《か》れていき、ときおりすすり泣くような声が聞こえるだけになった。


もう二週間も、萱野は真壁の姿を見ていなかった。

彼が生きていることは、ときおり聞こえてくるすすり泣きで確認できているものの、おそらく次から次へと禍津日神たちの相手をさせられているのだろう。萱野は機会があるたびに真壁の部屋に入ろうとしたが、どうやってもドアを開けることすらできなかった。

このままではきっと嬲り殺しにされてしまう。

悩み抜いた末、萱野は真壁を嬲り者にしつづけるなら牢獄建設を中断するという決断を下した。大工たちの質からいって、萱野の指揮がなければ複雑な行程の多い社造りを進めていくのは困難だ。

白鳥からは真壁を殺すと脅された。

しかし、このまま嬲り殺しにされるくらいなら、いま白鳥によって命を絶たれたほうが、苦しみを少なくしてやれるのではないか。

もちろん、それは萱野自身の命すら危うくする抵抗の仕方だった。神の牢獄を造らないとなれば、萱野が生かされている必要性はなくなる。

萱野は自分が本気であることを示すために食事を断った。

断食四日目の朝、萱野は白鳥に部屋から引きずり出された。立ちくらみが酷く、足元が覚束ない。

真壁の部屋のドアは閉ざされたままだった。

ダイニングテーブルにはイングリッシュブレックファーストが用意されていた。口のなかに一気に唾液が溢れて、萱野は喉を鳴らす。テーブルから目を逸らしても、香ばしい匂いが鼻腔に満ちる。

「真壁先生に会いたい」

「それは無理ですね。まだ最中ですから。どうやら彼は弁護士よりも男娼のほうに特性があったようですね」

「ふざ、けるな」

憤りに震える萱野に、白鳥が畳まれた新聞紙を差し出す。

「他人の心配をしている場合ではないと思いますよ」

嫌な予感に、慌ただしく新聞を受け取って紙面を開く。

目に飛びこんできた記事に息を詰まらせる。

「な…に」

連続放火のニュースが、大々的に取り上げられていた。昨日、都内で三件の放火と見られる火災があったのだ。

以前と同様に放火対象が本人の設計した建物であることから、東京拘置所から脱走した死刑囚・萱野納による犯行である可能性が高いとみて、警視庁は捜査体制を強化し、犯人の確保と徹底的な再犯防止に力を入れる、という内容の記事だった。

萱野の手は強張り、新聞紙をぐしゃりと握り潰した。

「どういうことだっ」

「さあ、どういうことでしょうね」

「――またお前たちの仕業なんだな……」

萱野の右手が、朝食の横に置かれたフォークを握り締める。

とても感情を制御することなどできなかった。

自分の生きた証《あかし》である建築物をこの世から消され、そこで暮らしてくれていた人に危害を加えられたのだ。

白鳥に飛びかかる。

――俺はただ夢をいだいて、建築の道を究《きわ》めてきただけなのにっ‼

気がついたとき、萱野は白鳥に馬乗りになっていた。

フォークは、白鳥の首に深々と突き刺さっていた。

「え…あ…あ…」

萱野は手指をフォークの柄から離した。

白鳥がずれた眼鏡の下から、萱野を見ている。

「ひ…っ」

身体がガクガクして手指の先まで痺れていた。白鳥のうえから床へと転がるように降りる。

――俺、俺は、なにを…。

ひたひたと裸足が床を踏む音が聞こえた。

振り返ると、寧近が立っていた。夢うつつのような顔つきで、全裸だった。

「き、救急車を――俺が、俺が」

しかし寧近は萱野の声など聞こえないかのように白鳥に近づいていく。その横に跪いたかと思うと、フォークを引き抜いた。

とたんに血飛沫《ちしぶき》が上がる。寧近の裸体が赤く濡れていく。

頸動脈《けいどうみゃく》を傷つけたのかもしれない。白鳥は死ぬのかもしれない。自分はこの手で人を殺すことになるのか。死刑囚房で、人を殺したかもしれないとあれだけ苦しんだはずなのに、自分はいともあっさりと殺意に身を任せた。

白鳥は人間ではないらしいが、人の姿をしているのだから弁明にならない。

パニック状態に陥る萱野の視界のなか、寧近が白鳥の首筋に顔を埋めた。血が噴き出している傷口に唇を押しつけ、舐める。

フローリングの床に血が広がっていく。床についている寧近の手の輪郭が血に包まれる。床にだらりと伸びていた白鳥の腕が、ゆらりと持ち上がり、寧近の頭を撫でた。とたんに寧近が身体をビクッとさせて、いま目が覚めたかのように大きく瞬きをした。

首を舐められている白鳥が余裕のある笑みを浮かべる。

もしかすると、白鳥はわざと刺されたのではないかと萱野は思う。

おそらく寧近は、白鳥が傷つくとわかるのだ。こうして無意識のうちにも訪れて、彼を癒やす。

しかし、なぜだろう。

寧近が白鳥を飼っているはずなのに、寧近のほうが白鳥に甘え、縋っているように見える。まるで小さい子供のようだ。

白鳥の命に別状がなさそうだとわかって、ようやく萱野の五感はまともに働きだす。焦点の戻った目で、改めて寧近の裸体を見る。

その身体は傷だらけだった。新しい傷もあれば古い傷跡もある。鋭い刃物で切られたり抉られたりしたかのようだ。特に臀部に集中している。痛々しいのに妙になまめかしくて、それらが性交のときに刻まれたものであることが自然とわかった。

寧近はいくつもの神霊と交わったと言っていたから、その際についた傷なのかもしれない。

人外とのセックスは、精力や肉体の仕組みの違いから、想定できないほどの負荷がかかる。萱野自身が緋角と交わってそれを体験し、壊される恐怖と快楽を味わった。真壁と蛇神との性交も、人間には耐えがたいものに違いなかった。

フォークの傷が塞がったらしく、寧近が上体を起こした。その観音菩薩のような顔は口許が真っ赤に染まり……涙で頬を濡らしていた。濡れた目が萱野を見る。咎めるでもない平静な表情が不気味だった。

なにも言わずに見詰められることに耐えかねて、萱野は口を開いた。

「お前たちが、また俺の建物に放火をしたんだろ」

「それで、白鳥を刺した？」

「そうだ。俺にさらに冤罪を重ねさせて、そんなに楽しいか？」

「楽しい、楽しくないの問題ではない。ただ邪魔なものを排斥《はいせき》しただけだ」

「俺の建物がお前たちにとって鬼門なのはわかってる。だからって、こんな乱暴で不条理なやり方をしなくても——」

「乱暴で不条理なのは、どちらか」

涙と血で汚れた、静かな表情で問いかけられる。

「古い社が邪魔だからと、棲む者に伺いを立てることも、新たな社を建てることもしないで鳥居を引き倒し、柱をへし折る」

「……」

「そもそも社を建てたのも、ひとびとが体よく縋るものを求めたためだ。そしてさんざん願いごとをしておいて、必要なくなったからと神霊を忘れ、捨てた」

言い返せないのは、寧近の言葉に共感しているせいだった。

建築家として社寺建築に興味を持ち、多くの社を見てきた。もちろん格式高い寺社は修繕においても神霊への礼節を尽くす。しかし、土地の民に寄り添ってきたような小さな社はないがしろにされ、踏み潰すように撤去されることも多い。

「あなたはこれまで幾度も宮大工として生きたと、白鳥から聞いている。それならば、こちら側が感じる不条理も理解できるはず」

「……俺の建てたものは、人間からも禍津日神からも、壊されてきた」

「人は邪魔とあらば、山を削り、木を切り、海を埋める。神霊もまた同様に、人の造ってきたものを消し去る。人が人間社会に害悪を為すものを禍津日神と呼んで忌み嫌うが、礼節を失った人間に神霊が恩恵を与えつづける必要があるのか？　なんのために？」

答えられない。

疑問を投げ返す。

「あなたは依代とかいう特殊な力があったとしても、人間なんだろ。それがどうして神霊の側につく？　そんなに……」

寧近の痛々しい裸体に視線を這わせる。

「そんなに自分を傷つけてまで禍津日神をかかえこんで、彼らのいいように計らうのは、どうしてだ？」

「私は白鳥によって子供のころに魂を救われ、育ててもらった。彼は禍津日神として、もう何百年にもわたって活動を続けている」

白鳥は、宮大工として生まれ変わりを繰り返していた萱野のことを何度も殺したと言っていた。それもまた活動のうちのひとつだったわけだ。

「生まれたのは人間の胎《はら》からでも、寄り添い守ってくれたのは白鳥だ。親であり、番《つがい》だ」

白鳥の手が寧近の正座した膝頭に触れた。

その手の甲に掌を重ねた寧近が、仰向けになっている白鳥へと視線を向ける。まるで彼に話しかけるかのように続ける。

「人の世は、私には無価値だ。無価値なものが蔓延《はびこ》り、価値あるものが淘汰《とうた》されていくのを許せない。だから白鳥とともに、禍津日神となる神霊を解放してきた。……しかし私は所詮は人間だ。ずっと一緒にはいられない。だからこの器が使えるうちに、できる限りのことをする。神霊たちが生きやすい世界を遺すために」

慈愛と思慕の色がその横顔を染める。

「私は人間よりも、自分よりも――……」

白鳥が身体を起こした。

鳥を思わせる仕草で、寧近の首筋に顔を埋める。

――……俺は。

萱野はふたりをぼんやりと見詰めていた。

緋角のことを思う。自分は、緋角のためになにを願うのだろうか。

自分もまた緋角よりも先に消える。もし生まれ変わって出逢っても、もう思い出すことはできないかもしれない。

――俺は緋角になにを遺せるんだろう。

ついさっきまで自分を支配していた暴力的な怒りは消えていた。

薄紫色の朝のことが思い出される。

緋角と手首を握りあって、互いの鼓動を渡しながら河川敷を歩いた。

あの時あの場所に、答えがあったように思えていた。

九

牢獄造りの現場から帰って食事をし、湯船に浸かる。

放火を脅しの材料にされて、萱野《かやの》は白鳥《しらとり》たちにふたたび従わざるを得なくなっていた。

だが、このまま牢獄を完成させていいわけがない。

正直なところ、寧近《やすちか》の話を聞いて、彼の価値観を理解することはできた。彼の想いに気持ちを動かされもした。

しかしだからと言って、神の牢獄を完成させて禍津日神《まがつひのかみ》と対立する——人間に寄り添おうとする神霊を閉じこめることには賛同できない。

萱野はただの人間だ。いくら人間に落ち度があったとしても、同胞を禍津日神たちの餌《え》食《じき》にすることはできない。彼らは人を犯し、喰らう。殺すことに躊躇いなどないのだろう。

藍染《あいぞめ》と依冶《よりや》、戸ヶ里《とがり》教授。彼らは確かに人間を守るために動いている。とはいえ、決して神霊を虐《しいた》げることもよしとはしないはずだ。彼らに与する神霊たちもいるという。

ふたつの勢力は互いを相容れないものと見做している様子だが、果たして本当にそうなのだろうか。

「もっと違うように、在れるんじゃないのか？」

問いかける声が反響して、自分に戻ってくる。

それは誰も答えてくれない、自分自身が考えるしかないことなのだろう。

顔に湯の染みた掌をきつく押しつける。

そうして、なんとか考えを推し進めようとしていると、ふいにバスルームのドアが開かれる音がした。どうせ白鳥による動向チェックだろうと思って顔から手をどかさずに無視を決めこんでいたのだが。

「おじさん」

可愛らしい声がバスルームに反響した。

驚いて顔から手をどけると、小学校高学年ぐらいの男の子が立っていた。前髪はまっすぐに切りそろえられていて、雛人形《ひなにんぎょう》のような顔立ちをしている。大人用のワイシャツ一枚を羽織った姿で、裾からは膝に力を入れた細い脚が伸びている。

見知らぬ子供だ。そもそも、ここで子供を見ること自体が初めてだった。

「まさか、攫《さら》われて来たのか？」

バシャリと湯船を跳ねさせて背筋を立てる。血相を変えて尋ねると、男の子は首を横に振った。

「それじゃ、いったいどうしてこんなところに――」

「お前は僕を知っているよ」

「え…、どこで」

子供が年に似合わぬ艶を目元に滲ませる。

「僕が交合しているのを見たくせに」

「――――」

こんな子供がセックスをするところなど、見たことがあるわけがない。反応できずにいると、少年に詰られた。

「僕が真壁《まかべ》と交わるのを、お前は見た」

萱野は目をゆっくりと見開いた。愕然としながら問う。

「君は、あの、蛇？」

さらさらの髪を揺らして、彼はコクンと頷いた。肯定されたものの、あの巨大な白蛇と少年がまったく結びつかない。

だが、本当にあの大蛇だというのなら寧近と与する禍津日神であり、真壁を嬲り者にした忌むべき存在だ。萱野は視線を鋭くする。

「あの蛇にしては、ずいぶんと幼い外見だな」

「二百六十」

「え？」

「二百六十歳だ」

神霊の年の尺度だと見た目に合っているのかもしれないが、やはりどうしても小学生にしか見えない。

低めた声で問いただす。

「真壁先生は、無事でいるのか？」

「ちゃんと食べて、ちゃんと寝てる」

「そうか…」

とりあえず命に別状はない状態らしい。安堵を覚えつつも、痛ましい気持ちになる。

「でも、その……、先生は禍津日神たちの相手をさせられているんだろう」

「ううん。僕だけ」

萱野は目をしばたたく。

「君、だけ？」

「真壁は僕のものにした。壊さないように気をつけてる」

少年の言葉を飲みこむのに時間がかかった。

「先生をほかの禍津日神たちには与えずに、壊されないようにしてくれている、ということか？」

「初めは壊してやろうと思ってたんだけど——真壁が訊いてきたんだ。どうしてそんなに怒っているのかって。怒ってる僕はつらそうに見えるって。話せば少しは楽になるはずだって」

いかにも真壁らしい言葉だ。

「人間ごときがくだらないことを言うなって思って何回も犯してやったんだけど、真壁は何度も同じことを訊いてきた。それで」

少年が困ったような、はにかむような表情を浮かべた。

「人間なんてもう嫌いだから犯して犯して絞め殺してやるつもりだったのに。――真壁はとても優しくて、いい人間だ。僕の話を、いっぱいいっぱい聞いてくれた」

「真壁先生は、そういう人だな」

思わず微笑むと、少年が華奢な膝から力を抜いてタイルに膝立ちし、目線の高さを合わせてきた。バスタブの縁に愛らしく手を揃えて置き、キリッとした真剣な面持ちで宣言する。

「僕は、真壁を助ける」

「――助けるって、でも君は戸ヶ里寧近と与しているんだろ」

「確かに、僕は寧近に飼われてる。だって、僕はとても怒ってたんだ。昔はたくさんの人間が来て、僕を大事にしてくれてた。それなのに、どんどん誰も来なくなって、最後には住む場所を壊されて、追い出された。哀しくて、怒ってて、そしたら寧近が復讐の手助けをしてくれるって。だから僕は、寧近のなかに棲むことにした……禍津日神になってから、たくさんの人間を罰したよ。でもね、罰しても罰しても、ちっとも楽にならないんだ。それで、やっぱり哀しいままで」

黒々とした目に涙が溜まっていく。

「真壁はそういうのをぜんぶ聞いてくれて、受け止めてくれたんだ。真壁が頭を撫でて抱き締めてくれたら、哀しいのが消えた」

蛇神として崇《あが》められていたはずなのに、ここにいるのはただの愛情に飢えた子供だった。そして、真壁は必要なものを彼に与えることができたのだろう。

——だからこの子は、本気で真壁先生を助けたいんだ。

そのために寧近を裏切り、敵に回すことになろうとも。

バスタブの縁に揃えて置かれた手のうえに、萱野はそっと掌を載せた。

「君を信じる。どうか、先生を頼む」

「うん。絶対に助ける。あなたのことも、ちゃんと助けるよ」

思いも寄らぬ申し出のせいで、マヌケな顔をしてしまったらしい。少年が涙目のままクスクス笑う。

「真壁がね、あなたを置いては逃げられないって。だから一緒に連れて逃げる」

「——」

「どうしたの？　嬉しくないの？」

萱野は子供のほっそりした指から手を外した。

「気持ちはとても嬉しいけど、俺は行けない」

「どうして？」

「俺が逃げれば、俺の建ててきたものが燃やされる。被害者が出る」

「逃げなければ燃やされないって、本気で思ってるの？」

少年が蛇を思わせる動きで首を前に出した。囁き声で萱野に教える。

「寧近と白鳥は僕に真壁を投げ渡して、ヤリ殺していいって言ったんだよ？　あなたには、言うとおりに社を造ってれば真壁は殺さないって言ったみたいだけど」

いたぶる蛇の性が、細められた目に宿っていた。

「あなたには、次から次へと新たな脅しが与えられる。たとえば、その辺を歩いている人間を攫ってきて、その命を脅しの材料にしたら、あなたはどうするの？　見殺しにできる？」

「…………、できない、だろうな」

少年が妖気を消して無邪気な顔に戻り、立ち上がる。

「それなら、決まりだね。脱出のタイミングは僕が決めるから」

自分がここにいたところで、確実になにかを守れるわけではない。むしろ、新たな方向で犠牲が出ないとも限らないのだ。

「わかった。でも、ここを抜け出してからはどうするつもりだ？　真壁先生だけならともかく、俺を連れて逃げれば、禍津日神たちを敵に回すことになる」

「それはもう、向こうに渡りをつけてあるよ」

「向こう？」

「もうひとりの依代のほう。七森《ななもり》依冶」

「藍染や戸ヶ里教授たちのところか」

「そう。藍染と会って話はつけてきた。あなたをこの結界の張ってあるマンションから連れ出したら、どうせすぐに察知されて追いかけられる。だから、いざとなったら援護してもらえるようにしておく」

外見は子供でも、さすがに抜かりはない。

「じゃ、部屋に戻るね。接触してるのがバレると厄介だから」

バスルームから出て行こうとする少年に問う。

「君の名前は？」

「カガチ」

名乗りながら、彼は両手の親指と人差し指で、逆三角形のかたちを作った。

「鬼灯《ほおずき》のことをカガチって言うんだ。鬼灯の実と蛇の頭はかたちが似てるから、人間は僕たちのことを昔はよくカガチって呼んでたんだよ」

おそらく彼を信仰していた者たちが、彼のことをそう呼んでいたのだろう。カガチは少し寂しげに笑った。

萱野は改めて、頭を下げた。

「カガチ、よろしく頼む」

「……僕は人間にお願いされるのが大好きだったんだ――真壁に逢うまで、忘れてたけど」


カガチから脱出の話を持ちかけられてから、ちょうど一週間後のことだった。

風呂を使うためにサニタリールームでTシャツとワークパンツを脱ごうとしていると、

廊下との境のドアが素早く開かれた。緊張した面持ちのカガチが入ってくる。

萱野は脱ぎかけていたシャツを着直した。

「決行するのか？」

「うん。部屋に来て」

カガチとともに真壁が監禁されている部屋へと移動する。

「萱野さん！」

真壁がベッドから立ち上がり、駆け寄ってきた。彼の姿を見るのは一ヶ月ぶりだった。ワイシャツとスラックスを身につけ、痩せてはいるが心身に問題はなさそうだ。

「真壁先生、ご無事でなによりです」

心底から安堵しつつも、拘置所の接見室で真壁から性的に触れたことや、彼とカガチの性交を見てしまったことが頭をよぎった。

気まずい戸惑いを覚えかけたが、真壁のほうは曇りのない眸をまっすぐ萱野に向けてきた。二回とも真壁は異常な状態だったし、この様子だと記憶が抜け落ちているのかもしれない。覚えていないのならば、それに越したことはない。

「彼がよくしてくれましたから」

カガチに微笑みかけながら真壁が言う。その表情には、素直な情愛が滲んでいた。真壁を見上げるカガチも、同じ色合いの表情を浮かべている。

もしも初めにカガチ以外の禍津日神に投げ与えられていたら、真壁はいまごろ壊されてしまっていたのだろう。

カガチもまた真壁に逢わなければ、いまだに癒えない憤りと哀しみに呑まれたまま、禍津日神として荒れ狂っていたに違いない。

ふたりは互いを救いあったのだ。

まるで前々から、そうなるべき因縁で結ばれていたかのように――。

カガチが窓を指差す。

「外に藍染の味方が来てくれてる。この部屋には僕の結界が張ってあるけど、それは白鳥の結界のなかに入れ子になってる状態なんだ。真壁と萱野を連れ出せば、白鳥の結界を越えるときに感知される。すぐに戦闘になると思う」

真壁の顔が心配に青ざめ、厳しくなる。彼は両手でカガチの身体を抱き寄せた。カガチの身長は百五十センチもなく、真壁とそうしていると親子のようだ。

彼が神霊であり二百六十年も生きていると知ってはいても、幼い子供を危険に晒すようで胸が痛む。

「カガチ、無茶をしてはいけないよ」

少年の両手が宥《なだ》める仕草で、真壁の背中をポンポンと叩く。

「大丈夫だよ。僕はこれまでたくさんの人間の願いを叶えてきた御利益《ごりやく》のある神様なんだから。真壁の願いも、ちゃんと叶えてあげる。約束したとおり――ちゃんと」

ぎゅうっとカガチが真壁に抱きつく。

「ちゃんと、ずっと一緒にいるよ」

——……ぁ。

強烈な既視感に、萱野はこめかみを掌できつく押さえた。

——俺も……俺たちも、あんなふうにしたことがあった。

いつどこでだったかは思い出せないけれども、その時の感触と気持ちとが、ドッと溢れ返る。

そうだ。ずっと一緒にいると、緋角を抱き締めながら自分が言ったのだ。言いながら、本当はずっと一緒にはいられないと知っていた。自分は人で、彼は人ではなく、命の尺がまったく違う。

それでも、嘘をついているのとは違った。そう誓う心に意味があると感じていた。抱き締める感触を辿る。緋角はまだ若者だった。煌めく紅い目が間近から覗きこんでくる。二十歳そこそこといった見目の、強くて美しい鬼神だった。

感情が甦ってくる。

——俺は、緋角のことを……。

自分は——前世の自分はあの頃、神の牢獄を造って歩く宮大工で、いまよりももっと年齢を重ねていた。それなのに若い鬼神を心でも肉体でも受け止めていたのだ。

『緋角、ずっとともにいてやる』

そう誓うたびに緋角は嬉しそうな顔をした。それを愛しく思っていた。

──それなのに、俺は緋角を泣かせた。

自分はどうして緋角を苦しめるようなことをしたのか……どうして、そうしなければならなかったのか。

『萱野』

頭のなかに声が響いて、我に返る。

カガチはすでにその身を白蛇に変えていた。前に見たときよりもかなり巨大なのは、自在に大きさを変えられるからなのだろう。

人間など軽くひと呑みにできてしまうだろう大きさなのに、いったん人の子に変換された姿を見てしまったせいか、妙にいたいけで愛らしく見えた。

実際、真壁にとってはもう、どんな姿でもカガチはカガチなのだろう。蛇の身体を優しく抱き締めている。

『これから白鳥の結界を抜ける。僕は手も足もないから、あなたたちを呑んで運ぶ。食べたりしないから、少し我慢してて』

まさか蛇に丸呑みされる日が来ようとは思ってもいなかった。しかし確かに掴まるところもない蛇の身体では、それが最善なのだろう。

「わかった」

『じゃあ、先に真壁をお腹に入れる』

白蛇が顎を外した。

鋭い牙とピンク色の粘膜を剥き出しにして、裂けた口が広がっていく。

真壁がどこか恍惚《こうこつ》とした表情で目を閉じる。その頭部が蛇の口のなかへと消えていく。

カガチが真壁に決して危害を加えないとわかっていてすら、それは生物の原初的な恐怖を刺激する光景だった。真壁の胴体が消え、最後に脚が宙に浮いてから消えた。人間ひとりぶん、蛇の胴体が太くなる。

さすがに少し重たそうな動きで、白蛇がすーっと萱野に近づいてくる。

目の前で蛇の口が開いていく。

背筋が恐怖にわななくが、腹を据えるしかない。大きく息を吸いこんで、きつく目を閉じる。蛇の口に頭を通されていく気配。じんわりと粘膜に包まれていく。温かくて湿ったそれがゆるやかに蠕動《ぜんどう》して、次第に萱野の全身を呑みこんでいく。

足先まですっぽりと呑まれた。

逃げられない閉塞感は筆舌に尽くしがたいが、呼吸をしてみると思ったほど苦しくはない。しかしこのままとろとろと全身を溶かされて、消化されてしまいそうだ。

『行くよ』

カガチのなかにいるせいなのか、声が大きく響く。

大蛇の身体が動きだすのが、粘膜の動きから伝わってくる。気遣ってくれているのか、静かな動きで前進していったが——。

ふいに強い衝撃が起こった。衝撃がもう一度、二度と起こる。

『……どうして、結界が』

動揺したカガチが呟く。

さらに何度か壁にぶつかるような衝撃があってから、急に萱野を包んでいる壁が激しく波打った。口から勢いよく出された。蛇の体液にまみれた身体が床に転がる。続けて、真壁も吐かれた。

『白鳥が結界を硬化させてる。窓ごと結界を叩き壊すから、どいてて！』

今日に限って結界が強化されているというのは、どういうことなのか。

考えるまでもない。

——動向がバレていたんだ！

真壁の腕を掴んで部屋の隅に避難する。

白蛇が身を躍らせて、大きな嵌め殺しの窓へと突っこんでいく。衝撃で部屋全体が揺れた。立てつづけに部屋が揺れる。

ここで脱出に失敗したら、破滅しかない。

白鳥も寧近も、カガチの裏切りを許さないだろう。カガチが守ろうとした真壁は、間違いなく禍津日神たちに投げ与えられる。萱野にもまた、慈悲は与えられないだろう。彼らは神の牢獄造りを諦めて、萱野をその場で処分するかもしれない。

——緋角に逢えないまま、ここで……。

絶望感が衝《つ》き上げてくる。

ふいに、真壁が大きく身じろぎした。二の腕を掴んでいる萱野の手を振りほどいて、カガチのほうに行こうとする。

「ま、真壁先生、危ない！」

「離してくださいっ…カガチがっ——怪我を」

カガチの身体は激しい衝撃に耐えかねて、表皮が割れはじめていた。白い身から血を噴き出しながらも全力で身体を窓に打ちつける。萱野も思わず、やめさせようと腰を浮かしかけた。

しかし、踏み止まる。

彼はいま、ただ真壁の命を守りたいという一念で闘っているのだ。

——カガチにとっては、自分よりも大切なものなんだ。

その想いを潰すことなどできない。

だから萱野は暴れる真壁を必死に抑えこんだ。

廊下に面するドアがガタガタと音をたてた。白鳥たちが侵入しようとしているのだ。

ビシッと甲高い音があがる。窓ガラスに罅《ひび》が入っていく。

ドアの蝶番《ちょうつがい》が弾け飛んだ。白鳥が愉しそうな顔つきで入ってきたかと思うと、その姿はみるみるうちに鳥へと変化した。巨鳥が、なおも窓を割ろうとするカガチへと飛びかかる。

蛇の腹に、鳥の鋭い爪が深々と突き刺さった。

カガチが必死にもがきながら、頭を窓に打ちつけつづける。ガラスの罅が拡がっていく。

「……カガチっ！」

真壁が萱野を振りきった。カガチを掴む鳥の足に飛びかかり、爪を引き抜こうとする。うるさい虫けらを払うように白鳥が嘴《くちばし》で真壁を叩いた。真壁の身体が吹き飛び、そのこめかみから血が溢れる。それでも真壁はすぐに跳ね起きて、ふたたび鳥の足に飛びついた。

萱野はなにか武器になるようなものはないかと部屋中に視線を走らせ——戸口へと駆けだした。そこに佇んでいた寧近に掴みかかる。馬乗りになって、その首を両手で絞めながら、白鳥に向けて叫んだ。

「寧近を殺すぞ‼」

こんな脅しがほんの数秒の時間稼ぎにしかならないことはわかっている。

それでも、とにかくカガチから白鳥を引き離したかった。

白鳥が凄まじい目をこちらに向けたかと思うと、鋭く羽ばたいて方向転換した。萱野へと襲いかかってくる。

もうこれ以上はできることがない。萱野は目をそむけずに、迫り来る怪鳥の鋭い嘴を見据えた。

すべてがスローモーションに見える。

そのなか、白鳥の背後で窓ガラスに入った罅の部分が光った。

光ったとたんに、画面が今度は一気に早回しになった。砕けたガラスの破片が部屋中へと飛び散っていく。天井のライトが壊れ、部屋がフッと暗くなる。

萱野の目前まで迫っていた鳥の鋭い嘴が逸れた。

夏の終わりの夜風が強い圧力で吹きこんでくる。まるでその風を従えてきたかのように、佇む人影が生まれていた。左右の手に長い刀を携えている。

見上げる萱野の目は、その人影の頭部に釘づけになる。二本の角が生えていた。狩衣の裾が大きくはためく。長い髪が月光を紅く染めている。

萱野は震える口から、深く息を吐いた。その呼気に声になりきらない音が混じる。

「緋角」

援護に来てくれるのは、藍染たちのはずだった。

しかしいま、間違いなく緋角がここにいる。

緋角だけではなかった。彼に続いて、岩のような巨躯の石竹《せきちく》がドンと部屋に降り立つ。それから、そっくりなシルエットを持つ双子が飛びこんできた。双子は息の合った素早い動きでカガチと真壁を回収すると、ふたたび夜空へと飛び去った。

密度の高い沈黙が落ちる。

ようやく暗がりに慣れてきた萱野の目には、朧ながら緋角の顔が映っていた。紅い双眸は萱野へとそそがれていた。その視線が白鳥に向けられ、険しく光る。

「よくも、私のものを勝手に持ち出してくれたな」

『私のもの、ですか。五百年前から色惚《いろぼ》けしたままのようですね』

白鳥が嗤いに羽毛を震わせた。

『赤鬼の大将が、人の子に入れこんで無理心中につきあってやったのでしたね。まぁ、死んだのは人の子だけでしたが』

頭のなかで白鳥の言葉が響いたとき、萱野は強烈な頭痛を覚えた。

——無理心中……？

「貴様と与太話をする気はない。カヤを返してもらう」

緋角が唸るように呟くと、重心を低くした。次の瞬間、白鳥へと弾丸のように飛びこんだ。二本の刀をなんとか躱《かわ》した白鳥から和毛《にこげ》が散る。

その白鳥へと今度は斧《おの》を手にした石竹が突撃する。

緋角が右手の刀を振るえば風が巻き起こり、左手の刀を振るえば雷が生じる。

十二畳ほどの空間で戦闘力のある鬼ふたりを相手にするのは、白鳥には圧倒的に不利らしい。白い身が赤く染まりだす。

それを固唾《かたず》を呑んで見守っていた萱野の身体が、引っ繰り返った。下敷きにしたままだった寧近が立ち上がったのだ。

彼は凄まじい攻防を繰り広げる者たちの横を、すーっと通り抜けて、窓辺へと立った。

そして「白鳥」と静かに呼んだかと思うと、窓から身を投げた。

とたんに、緋角と石竹を弾き飛ばして、白鳥が羽を鋭く鳴らした。一瞬にして、その姿は窓の外へと消える。

緋角が跳躍ひとつで萱野の前に膝をつく。強い手が肩を砕くように掴んできた。

「――」

なにかを言おうとするが言葉にならなかった様子で、緋角は無言のまま萱野を抱き上げた。萱野の腕は自然と緋角の首へと回された。強く、しがみつく。告げたい言葉はあるのに、喉が詰まって声が出ない。

「石竹、行くぞ。寧近を依代にしてる禍津日神たちが来るかもしれん」

石竹が窓の外を眺める。

「もう、群がって来てるぞ。待機してた奴らが応戦してくれてる。俺も混ざってひと暴れしていくから、緋角はカヤを連れて先に戻ってろ」

「蹴散らすだけでいい。すぐに撤退しろ」

「んー。ああ、わかった」

石竹がいささか不満げに答えてから、宙に身を躍らせた。

緋角も床を蹴った。

風圧で、ふたりの身体が密着する。ただそれだけのことでも、萱野はどうしようもなく甘くて熱い感情を掻き立てられる。このまま時間という枠までも飛び越えてしまえたら、どんなにいいか。

しかし速度はゆるみ、やがて緋角の足が地に着く。

着いたのは、鬼の堂塔伽藍が並び建つ芒の原だった。

萱野をがっしりと抱きかかえたまま、緋角は正面の鬼神像が祀られている中堂へと入っていく。

「あ、緋角様！　ご無事で」

東雲が走って来て出迎えた。

「大蛇の様子はどうだ？」

「向こうで灰桜《はいざくら》が治療してる」

「そうか」

中堂の一角が屏風《びょうぶ》で仕切られ、そこに敷かれた畳のうえにカガチは長い身を横たえていた。その頭部を膝に載せて撫でていた真壁が、萱野の顔を見て安堵の表情を浮かべる。そして、緋角に頭を下げた。

「カガチを助けていただいて、ありがとうございます」

灰桜が軟膏の入った大きな壺に蓋をしながら報告する。

「傷には膏薬を塗りこんでおきました。命に別状はなさそうですけど、ただ傷と失血が酷くて…」

真壁が心配顔の灰桜に言う。

「大丈夫です。カガチのことは僕が治せますから」

「なるほど、そういうことか」

緋角が得心したように呟いて、東雲《しののめ》に命じた。

「別所に、大蛇とこの人間のための閨《ねや》を用意してやれ。私たちは湯を使ってくる。カヤの身体がベトベトなのでな」

言われて、カガチに丸呑みされて体液まみれになったままだったことを、萱野は思い出す。その状態で空を駆けたせいで、髪も肌もゴワゴワだ。

かかえてくれている緋角のこともすっかり汚してしまっていた。

渡殿を通って、浴堂へと行く。そこでようやく、自分の足の裏を床につけた。

緋角が狩衣を脱ぎながら促す。

「カヤも脱げ。気持ち悪いだろう」

確かに気持ち悪い。ゴワついている衣類を黙々と脱ぐ。緋角より先に全裸になって、浴室へと入った。檜《ひのき》の香りのする湯気に包まれる。

ひと棟丸ごと浴堂なだけあって、銭湯のような広さだ。床は檜張りで、中央に浴槽がなかば埋めこまれるかたちで湯をたたえている。

萱野は盥《たらい》に湯を汲むと、木製の低い椅子に腰を下ろした。置かれていた石鹸《せっけん》を素手で泡立てて全身を洗っていく。白檀のいい香りが湯気に染みていく。俯いてガシガシと頭を洗っていると、緋角が横で身体を洗いだした。

尋ねられる。

「口がきけなくなったのか？」

頭を洗う手を止める。

再会したら、どうしても伝えたいことがあった。しかし緋角があまりに急に目の前に現れたから、言葉が喉の奥に詰まったままになってしまっていた。

髪の先から泡が滴り落ちていくのを見る。

えずくようにして、喉奥からなんとか言葉を押し上げた。

「………逢いたかった」

ひどく不格好で唐突なセリフが自分の耳に返ってきて、萱野は俯いたままこめかみを赤くする。

緋角はなんの言葉も返してこない。こめかみが痛くなってきて、さらに言葉を重ねた。

「俺はずっと――お前が俺のところを訪ねてくるよりずっと前から、お前に逢いたかったんだ。ほんの少しだけだが、前世のことを思い出した。もっと一緒にいたかった……もう一度、逢いたかった、俺はお前に…」

ふいに、顔に緋角の手が伸びてきた。思わず目を閉じると、顔に石鹸を塗りたくられた。

「な…にをするんだ」

とても重大な想いを伝えたのに、まるでふざけた子供のような仕打ちをされて、さすがに本気で腹が立った。

緋角の手を乱暴に掴んで顔から外させる。外させたとたん、今度は唇を圧された。

「ん…、ん」

馴染んだ男の唇と牙の感触だった。

きつく唇を押しつけられて、頬が触れあう。自分の顔に塗りたくられた泡が、温かい液体で流されていくのを感じる。それは次から次へと流れ落ちてくる。口のなかに、石鹸の苦みとともに潮の味が拡がる。

どうして泡で目眩ましをかけられたのかを知る。

緋角の涙が、萱野の顎から滴り落ちていく。

——緋角……緋角…っ。

両手で緋角の頭をかかえこむ。自分からもきつく唇を重ねていく。自分が零す涙を、緋角の顔に塗り返す。

素肌が触れあうのが、嬉しい。少しでも多く触れあいたくて身を寄せると、緋角もまた同じように感じているのか、応えてくれた。腰を抱かれて、椅子を抜かれる。身体が絡み合って、どちらが押し倒すともなく、湿った温かい檜の床に転げた。

付着したままの泡で肌が滑るのがもどかしくて、互いに手脚を絡める。下肢がきつく密着する。

石鹸とは違うぬめりが下腹部をしとどに濡らしていく。

「う…カヤ……」

緋角がときおり低い声を漏らす。

唇の表面だけでは足りなくて、舌を癒着させる。頭の芯が痺れていく。性的な激しさがないままに、身体がわななないた。

「あっ……、ぁ…」

精液が溢れ出る。溶けるように果てる萱野の性器へと、緋角の熱い粘液がかけられていく。

口のなかで無防備に震える緋角の舌を、優しく舐めて、宥めた。

薄紫色の長襦袢《ながじゅばん》を着て浴堂を出る。緋角も雲紋が織り出された揃いの長襦袢を纏っている。低い位置に巻かれた腰紐が作る線に、萱野はついさっきまで見て触れていた男のなまめかしく絞まった肉体を思い出す。

緋角が手首を掴んできた。萱野を引っ張るかたちで前を歩きだす。

その手首を互い違いに掴み返すと、昂ぶる脈拍が掌に響く。

真夜中なのに、あの薄紫色の早朝のなかに戻った錯覚に陥った。

渡殿の途中に岩が置かれていると思ったら、石竹が煙管《きせる》を咥えていた。

「長風呂だったな。のぼせた顔をしてるぞ」

からかう口ぶりで言ってくる。

ただただ口づけと固い抱擁《ほうよう》を繰り返しただけで、積極的な性行為はしていないのだけれども、萱野は気まずさを覚える。石竹の頭にはきっと、以前に山頂で見た淫らすぎる行為が浮かんでいるに違いなかった。

それでも萱野は緋角の手首を離さなかったし、緋角もまた萱野の手首を離さない。

「集まってきた禍津日神たちはどんな具合だった？」

「どんなもなにも、すぐに依代を追って退散していった。こっちは汗のひとつもかけなかった」

たいそう不満げな石竹を眺めて、緋角が喉で笑う。

「禍津日神たちも命拾いをしたな」

「まあ、次は目にものを見せてやる」

牙を剥いてニッとしてから石竹はがっしりした顎で中堂のほうを差した。

「客人が来てる」

「誰だ？」

「猫と人と人だ」

「わかった。お前も一服したら加われ」

「おう」

石竹の横を抜けて、緋角とともに中堂に入る。

戸ヶ里教授と七森依治、それに藍染がいた。藍染は猫ではなく、人のかたちだ。鬼神像の前に綺麗な円を描いて並べられた座布団に着座している彼らの前に、東雲と灰桜が飲み物と軽食を載せた膳をひとつずつ置いているところだった。カガチと真壁は別所に移ったらしく、さきほどまで堂の片隅にあった屏風と畳は取り払われていた。

「わざわざ足を運んでもらって、かたじけない」

緋角が声をかけると、藍染が軽く手を上げて応えた。こうして改めて人型の姿を見ると、いかにもあの豹《ひょう》のような神霊の姿を人に移し替えたらしい、しなやかな印象の美青年だ……しかし、近づきながらよくよく見れば、その頭部には猫科の動物の耳が生えている。長い尻尾も臀部から伸びていて、それはさりげなく正座した依冶の腿のうえに置かれていた。

依代が神霊を身に棲まわせるためには、性行為が必要になるのだと寧近が言っていたことを思い出す。

依冶と藍染もそういう関係なのだろう。ふたりの眸は同じひとつの藍色に染まっている。まだ繋がれたままの緋角と萱野の手を、藍染が凝視し、真顔で訊いてきた。

「萱野納はお前の伴侶《はんりょ》なのか？」

その言葉の響きに萱野は怯んだが、緋角はまるで当然のことのように返す。

「前の世からの伴侶だ」

「…緋角」

窘《たしな》めようとすると、胡乱なまなざしを向けられた。

「確かめあったばかりなのに、違うとでも言うつもりか？」

あまりにも明け透けに問いただされて、萱野は口のなかで溜め息をつく。萱野が五百年前のことを少し思い出したことで、緋角もまた五百年前の神霊としては若者だったころの感覚に引きずられているのかもしれない。

いや、気持ちを確かめあって安心したせいで、素が出ているだけなのか。体温を感じさせないような眉目秀麗《びもくしゅうれい》さとは裏腹の、灼《や》けるような情の強《こわ》さ。それは昔もいまも変わっていないのだろう。

そういう緋角を愛しく思う自分の気持ちも、きっと変わっていない。手首をもう一度きつく握ってやると、緋色の眸に安堵が満ちた。そっと手首を離しあう。

緋角は赤鬼を統べる者の顔になり、鬼神像を背にして座した。萱野はその右横に着く。緋角から時計回りに、藍染、依冶、戸ヶ里教授、東雲、灰桜が座り、灰桜と萱野のあいだに石竹がどしりと腰を下ろして、円が完成する。

緋角が膳に用意された白い盃《さかずき》を手に取った。

「こうして無事にカヤを取り戻すことができた。礼を言う。彼は私の伴侶であるとともに、切り札となる力を有している。山神である藍染との約定《やくじょう》により、我が一族は禍津日神たちを鎮める」

円座の面々が手に手に盃を取り、掲げてから酒を口に含んだ。

萱野もまたそれに倣いながら、自分にも果たすべき役割があるらしいことを知り、気持ちを引き締めた。

盃を膳に戻した藍染がにやりと笑う。

「あれは約定というより、居直り強盗だ。俺たちが萱野を連れ去ったと勘違いして、さんざん大暴れして。なぁ、ヨリ」

同意を求められた依治が、生真面目な顔で言う。

「緋角さんは萱野さんを取り返そうと、それだけ必死だったんだよ」

「ああ、そういえば、俺たちが車のなかで少しばかり萱野と話したときも、凄い形相で追っかけてきたっけな。こっちの話なんてなにも聞かずに車までボコボコにされて、俺はヨリと先生のふたりを背負って下山する羽目になった」

　緋角が左横の男を睨む。

「その件はすでに謝った」

「当たり前だ。そうでなかったら共同戦線の押し売りなんて、誰が受け容れるか。ヨリはあれでむちうちになって、しばらく大変だったんだぞ」

　藍染の長い尻尾がビタビタと床を叩く。その尻尾を依治がぐっと掴んだ。

「藍染、いい加減にしなよ」

　叱られて、藍染の獣の耳がしょげたみたいに少し伏せられた。

　マイペースで盃に酒を注《つ》いでは飲むを繰り返していた戸ヶ里が口を開いた。

「いや、しかし緋角さんの申し出は、こちらにとっても渡りに舟でしたからね。鬼族はいまでも人間界に存在が根づいていて、そのぶんだけ力が強く、数も多い。敵として襲われたときには参りましたが、味方となれば実に頼もしい限りです」

　独特のまろやかな口調だ。

　顔立ちは弟の寧近と瓜ふたつと言っていいほどなのに、入っている魂が違うだけでこうまで別の存在になるのかと、萱野は不思議な心地になる。

戸ヶ里教授の話術のお陰で、そこから先は穏やかな雰囲気のまま、情報交換と状況の把握がおこなわれていった。

藍染たちの元には現在、人間との共存を望む神霊が集っている。彼らは禍津日神の増殖《バー》を憂い、それを封じるために動いているのだが、いかんせん人間への憤りに我を忘れて狂戦士《サーカー》化している禍津日神たちの戦闘能力は高い。

「禍津日神たちの行動に明確な方向づけをしているのが、戸ヶ里寧近。僕の弟です。弟は七森依冶くんと同じように依代としての資質を持っています。禍津日神たちをその身に飼い、人間界を荒らすように扇動《せんどう》しているのです」

すると冷淡な表情で緋角が言い放った。

「それならば、寧近を殺せばすむ話か」

「緋角、彼は教授の弟さんだぞ」

咎める萱野に、戸ヶ里が微笑んだ。

「いいんです。それもすでに検討ずみです。僕の調べでは、依代である人間が死亡すると、その身に棲む神霊も消滅することがあるようです。寧近を殺せば、禍津日神たちを消すことができるかもしれません」

しかしそれは、戸ヶ里にとっては身を裂かれるようなことなのだろう。その顔には苦渋が滲んでいる。

それに対して依治が意見を述べた。

「俺の考えは、少し違います。考えというより、依代としての感覚みたいなものなんですけど。俺と藍染の関係と、寧近と禍津日神たちとの関係は違うように感じるんです……白鳥を除いては」

藍染が同調する。

「確かに、白鳥だけは特殊だな」

「どう特殊だと言うんだ。具体的に説明してもらいたい」

苛立ちを滲ませる緋角に、藍染が答える。

「俺は、俺の山に迷いこんできた幼い依治を一年間、手元に置いて育てた。白鳥もまた子供だった寧近の世話をし、以降、寧近に寄り添いつづけている。言ってみれば、唯一無比の相手だ」

石竹がひょうたん徳利《とっくり》から酒をじか呑みしながら言う。

「要するに、正妻と妾《めかけ》の違いか」

「まぁ、そうだな。寧近が生死までも一蓮托生《いちれんたくしょう》にしているのは白鳥だけのように思えてならない。そもそも禍津日神は依代がなくても存在できる。元はといえば、依代となるべきものを失ったために禍津日神と化した者たちだからな」

「――なるほど」

しばし思案してから、緋角が口を開いた。

「寧近を殺せば、白鳥が消滅する可能性は高い。しかしほかの禍津日神たちは消滅せずに野放しになるかもしれない、ということか」

緋色の目が戸ヶ里へと向けられる。

「野放しになった場合、どういう問題点が出てくる？」

「いまはあくまで寧近の指揮下にあるため、逆にいえばこちらは対策がとりやすい。未然に防げた大きな事故も多くあります。しかし野放しになれば、個々の禍津日神の暴走は無秩序な天災というかたちになりかねません」

「それは確かに厄介だ…」

「でも、その禍津日神についてですけど」

依冶が身を乗り出して語る。

「藍染がカガチさんから今回の脱出の相談を持ちかけられたときに、僕も話を聞いたんです。カガチさんは禍津日神になって寧近を依代にしたそうですが、真壁さんとの関わりのなかで自分を取り戻したと――禍津日神ではなくなったと言っていました。寧近を殺すのではなく、影響力を弱めたうえで禍津日神を鎮めることができれば、あるいは」

「――禍津日神をカガチのように正常に戻せれば、それが最善だな。するとやはり、切り札を使うしかないか」

左横からの視線を感じて、萱野は緋角へと顔を向けた。

「俺にできることが、あるんだな？」

「カヤにしかできない」

一同の視線が萱野へとそそがれた。

「私のために造っていた神の牢獄を完成させてくれ。それに寧近を封じる。寧近を生かしたまま、禍津日神たちへの影響力を弱める」

「――」

今生で、自分は完璧な建物を造りたいという我欲のためにばかり技を磨いてきた。

しかし、それでは本当の意味で完璧な建築物には至れないのではないか。

いくら正しい術式で造ったとしても、そこに強力な目的をもってエネルギーをそそぎこまなければ、万全な理の力を宿すことはできない。

萱野は拳を握り締めた。

前世の自分が建てた神の牢獄を越えるものを、いまなら創り出せる気がする。

「わかった。全力を尽くして完成させる」

十

神の牢獄を、紅葉が取り囲んでいる。

つい先ほど、東雲《しののめ》と灰桜《はいざくら》がふたり神主として竣工式《しゅんこうしき》の神事を執りおこなった。

萱野《かやの》が寧近《やすちか》のところに囚われているあいだも赤鬼たちは熟練の技を駆使《くし》して、建築作業を進めてくれていたのだ。お陰で、こうして秋のうちに完成を見ることができた。

式後の静けさのなか、萱野は羽織袴《はおりばかま》の正装で社を見詰めつづけていた。

五百年前にも、自分はここにこうして立って、神の牢獄と対面していたのだろう——当時のことに思いを馳せていると、ふいに手首を握られる感触が起こった。

いつの間にか緋角《ひずみ》が寄り添うように立っていた。

「式には間に合わなかったか」

握られた手首から指先へと、温かな液体が伝った。血の匂いがする。

「緋角、また怪我《けが》をしたのかっ」

見れば、彼の狩衣の肩のあたりの布は大きく破けていて、裂けた傷口が覗いていた。

ここのところ寧近率いる禍津日神《まがつひのかみ》たちが人界に猛攻撃をしかけており、被害を食い止めようとそれに応戦する緋角たちは酷い怪我を負うことが増えていた。身体を重ねて傷を塞いでも、すぐにまた新たな傷が刻まれる。

「とにかく、手当てを」

「この程度、大したことはない」

「でも…」

萱野の手首を掴む緋角の握力が増す。その手指は細かく震えていた。

「――やはり、お前の造る社は、美しくて恐ろしい」

萱野も社へと目を向ける。

「昔、俺は緋角をこの地に封じたんだな」

「ああ……お前は驚くほど残酷な男だった」

緋角の手が手首から掌へと、ぬるつきながら滑り降りてきた。その手をグッと掴む。

罪そのものは思い出せなくても、良心の呵責に胸が激しく軋む。

「すまない…すまなかった」

涙がきつく盛り上がった涙袋を越えて頬へと流れていく。

緋角が五百年の想いを凝らせたかのような、長い溜め息をついてから呟いた。

「お前は、惨いまでに優しい」


「丸子橋はなんとか持ちこたえているが、橋脚の土台部分が崩壊して、全面通行止め。通行中だった車が衝突事故を起こして、負傷者が八名出てる」

萱野は被害状況を口述しながら、ノートパソコンに表示した地図を拡大して、田園調布に面した多摩川にかかる橋の部分に赤い三角印をつけた。

ここは藍染《あいぞめ》たちが禍津日神の対策本部としてもちいている都下の一軒家だった。敵に見つからないように厳重に結界を張ったうえで、神霊が見てもなんの変哲もない一軒家に見えるようにカモフラージュしてあるらしい。

それと同じ処置を、萱野がこれまで手がけたすべての建築物に、緋角たちがほどこしてくれている。お陰で、新たな放火を防ぐことができていた。

世間ではもう、脱走した死刑囚の話が話題に上ることは滅多になかった。

それどころではない惨事が関東圏を呑みこみ、さらにじわじわと被害範囲を拡げているからだ。

大きな天然木の丸机を囲んだ萱野と戸ヶ里《とがり》と依冶《よりや》それに真壁《まかべ》はそれぞれのノートパソコンに向かい、共有している地図上に、次から次へと送られてくる被害情報をインプットしていく。

依冶がキーボードを叩きながら言う。

「禍津日神たちの攻撃で、防戦してる土地神たちは疲弊してきてます。このままだと高速道路や橋の倒壊も、加速度的に増えていきますよ」

戸ヶ里が地図を縮小して、印だらけになっている関東全域に目を走らせる。

「寧近の方向づけは『人工建造物への攻撃』です。人間そのものよりも、建造物を破壊することで人間にダメージを与えるんです」

その言葉に、萱野は寧近との会話を思い出す。

「人は邪魔ならば山を削って、木を切って、海を埋める。神霊も同じように人間が造ってきたものを消し去るのだと……礼節を失った人間に、なぜ神霊が恩恵を与えつづけなければないのか。寧近は、そんなことを言っていました」

戸ヶ里が呟く。

「争いごとというのは、どちら側に着くかだけで、まるで違う様相を見せます。しかしそれは表裏一体で、争いあう者たちの本質はさほど懸け離れていないことが多い」

なにかそれは、戸ヶ里と寧近のことを指しているようにも思われた。

「……争いを抜けるための中庸《ちゅうよう》が、もっとも難しい」

依治が休みなく手を動かしながら、芯のある声で宣言する。

「難しくても、俺は——俺と藍染は、中庸を目指します。だって、ずっと一緒にいたいから」

くすりと笑って、つけ足す。

「最近、藍染の口癖なんですよ。キョーゾンキョーエー」

唄うような軽やかな節回しで言われた四字熟語の意味を、依治も藍染も真剣に考えてきたのだろう。

黙々と作業していた真壁が微笑みながら呟く。

「うちも共存共栄がいいですね」

うちも、というのは自身とカガチのことだろう。カガチは真壁の献身的な看護のお陰でいまは完全に復調し、戦線に加わっている。真壁は凶悪な死刑囚の脱獄を手伝った疑いで、人界では指名手配中の身だ。そのためこの対策本部で人目を避けて暮らしている。カガチはここに帰ってきては、真壁と休む。

緋角も藍染もこの家に戻ってくるから、大きな家族みたいだ。殺伐《さつばつ》とした戦いのなかでも、穏やかで甘いひとときが繰り返し訪れる。

「それにしても、このままでは共存共栄にはほど遠いですね」

溜め息をつく戸ヶ里に依冶が尋ねる。

「防戦中心になってますけど、こっちから打てる手って、ないんでしょうか」

「全面戦争で、神々の黄昏《ラグナロク》になっても困りますからね。僕たちの目的は、あくまで寧近を神の牢獄に封じることです。それでしか被害の拡大を防げません」

しかし、その寧近の所在は杳《よう》として知れない。

高層マンションの窓から飛び降りた夜を最後に、彼は姿を現さなくなった。白鳥《しらとり》も同様に姿を消した。

カガチはいまでも依代である寧近とは、互いの頭に声を響かせて会話をすることが可能らしいが、それすらも遮断して隠れている。

そして、禍津日神たちの攻撃は激化した。

白鳥と寧近はどこか安全なところで子飼いの神霊たちを操っているのだろう……寧近の肉体には新たな性交の傷が刻まれているに違いない。

寧近はこの大惨事を指揮する元凶であるはずなのに、萱野は痛ましさを覚える。彼が完全に禍津日神たちと同じ立ち位置で人間を罰したがっているようには、感じられなかった。兄との対立のための対立によって深みに嵌まり、自滅していこうとしているのではないだろうか。

いくら依代として特殊な力があろうと、寧近は人間で、その肉体には限界がある。

——このままだと、死ぬ可能性もあるんじゃないのか?

そうなれば、殺した場合と同様に禍津日神たちは方向性を失った暴走に陥るのだろう。一日も早く、生きたまま寧近を捕獲しなければならない。

萱野は地図を拡大し、あの一点を凝視する。

人工建造物の破壊に拘る寧近が、この建造物を見逃すはずがない。

逆にいままでここに対する攻撃をおこなわなかったということは、人間に物理的にも心理的にも最大のダメージを与えるために、総力を挙げて攻撃するつもりでいるからなのだろう。

それがこの戦況を打開する突破口になるかもしれない。

戸ヶ里と依冶と真壁は、隣の仮眠室で休んでいる。萱野はひとりでパソコンに新たな被害情報をインプットしていた。ディスプレイ越しに見えるテレビもまた、休止中になる間もなく、事故のニュースを流しつづけている。昨日、都心部で暴風による大規模停電が起こり、交通網が全面的に麻痺《まひ》した。いまだに電車や信号機が復旧していないエリアもあり、帰宅困難者が大量に出ている。

最新の交通情報を流していた画面がふいに切り替わった。

暗闇のなかにそそり立つ、物見櫓のようなかたちをした巨大な建造物が映し出される。

萱野は鋭く息を呑んで、テレビの前に駆け寄った。

『東京都二十三区に暴風竜巻警報が出ています。雨戸やカーテンを閉め、できるだけ窓のない部屋に避難してください。繰り返します。ただいま東京都二十三区に――』

カメラを通した映像では見えにくいが、空一面に雲が立ちこめて渦《うず》を巻いている。その渦の部分がねじれた筒状になって地上へと伸びていく。真下には、東京スカイツリーがあった。

暗雲の筒が、天を突く建造物の尖塔部分を呑みこんでいく。

テレビの音と映像が大きくひずんだ。画面のなかで、第二展望台からうえのデジタル放送用のアンテナ部分が傾いでいく。いまにも折れそうな角度になったところで、テレビ画面が暗転した。音声も途絶える。

本来なら予備電波塔としての役割を果たすはずの東京タワーは、すでに禍津日神の攻撃を受けて、機能を失っていた。

萱野は隣室に飛びこむと、依冶たちを起こした。

「本命にしかけてきた！　情報収集をお願いしますっ」

慌てて起きて仮眠室から飛び出した依冶が、室内階段を上ろうとする萱野に問う。

「どこに行くんですかっ」

「俺は現場に行く！」

階段を三階ぶん駆け上がって、屋上に出る。

都心部にはおどろおどろしい暗雲が立ちこめているというのに、ここの空は澄み渡り、輝く星が秋の四辺形をかたち作っていた。その空から屋上へと、一陣の強い風が吹き降りてきた。思わず目を閉じる。次に目を開けたとき、そこには緋角が立っていた。

「カヤの予知したとおりになったな」

近いうちにスカイツリーがターゲットになるから、その時は自分を現場に連れて行ってほしいと、あらかじめ緋角に頼んであったのだ。緋角の首に抱きつく。

「急ごう」

「ああ」

萱野を抱き上げるや否《いな》や、緋角は屋上から飛び立った。

通常の交通手段では一時間ほどかかる距離も、文字通りの直線距離にすれば二十キロほどのものだ。綝角が空を駆ければ、ものの数分で着く。

途中から普段の飛翔の風圧とは違う強風に煽られて、乱高下する。禍津日神たちが集うエリアに近づいているのだ。風を切る音とは違う、ゴゴゴゴ…という低音が腹に響く。

「着いたぞ」

告げられて中空に浮かんだまま目を開けた萱野は、視界いっぱいに広がる光景に激しく身震いした。

まるでバベルの塔のように空を目指す超高層人工建造物。

それはいまや、天から降りてきた雲の渦にすっぽりと呑みこまれていた。雲は薄く引き延ばされて、半透明なジェルのようにも見える。透けて見えるスカイツリーのあちらこちらで火花が散っていた。萱野は目を凝らす。火花に照らされて、塔の表面を覆う鉄骨が――鉄骨に取り憑いている無数のモノが見えた。数えきれない鳥や蛇、狛犬《こまいぬ》、巨大な昆虫、蔓《つる》植物までもがびっしりと絡みついている。

禍津日神とその眷属《けんぞく》たちだった。

彼らの攻撃によって火花が生まれ、ときおり折れた鉄骨が落下していく。数百メートル下の地表で、それが轟音《ごうおん》をたてる。周囲の建物が被害を受けているのだろう。地上からはいくつもの火の手が上がり、空に蓋をしている雲を赤黒く染めていた。風音のなかに、禍津日神たちの咆吼や哄笑《こうしょう》が入り交じる。

今夜ここで食い止めなければ、禍々しい饗宴は日本全土を覆うことになるのだろう。

「カヤ、寧近は来ていると思うか？」

スカイツリーへの大々的な攻撃の際には寧近本人が直々に指揮を執る可能性が高いというのが、萱野の見立てだった。寧近を捕獲できるとしたら、この機会を措いてない。

「——きっと、近くにいる」

緋角が萱野を抱いたまま、螺旋《らせん》状に塔の周りを回って上昇する。

第一展望台の高さまで行く。展望台上部の張り出しに、藍染とカガチの姿があった。彼らはそこで空から降ってくるモノたちと戦っていた。

第一展望台から第二展望台までの百メートルは、風力が凄まじく、上昇もままならない状況だった。それでもなんとか、第二展望台の高度まで辿り着く。

第二展望台は、深い雲の渦のなかに沈んでいた。風圧で近づくこともできない。緋角の纏う狩衣がいまにも千切れそうにはためく。

緋角の姿を見つけて、東雲と灰桜、石竹そして赤鬼たちが宙を駆けてきた。それぞれが大なり小なり負傷している。彼らのあとを追って、鳥と巨大な昆虫の群れが押し寄せてくる。それを払い退けながら、石竹が大声で報告する。

「焼け石に水だ！　土地神たちは地上の被災を抑えるので手一杯だっ」

萱野も声を張り上げて、尋ねた。

「寧近を見ませんでしたか？」

「見てない」

「白鳥は？」

東雲が巨大な昆虫を切りつけた大工用の斧で、轟々《ごうごう》と巨大な渦を描いている空を差した。

「白鳥なら、さっき一瞬だけ雲のあいだから姿が見えた。この風を巻き下ろしてるのはたぶんあいつだよ」

緋角が天を仰ぐ。

「これを白鳥が……。長いあいだ寧近と隠れて、力を蓄えていたのか」

「緋角、白鳥を捕まえることはできないか？」

「捕まえるのは寧近でないと意味がないだろう」

萱野は首を横に振る。

「いま確実にここにいる白鳥でいい。彼で充分だ」

腑に落ちない顔をしたものの、緋角は頷いた。

「わかった。迂回《うかい》して風圧の弱い外側から雲のうえに出れば、白鳥と接触できるだろう」

すぐ横に来た灰桜が厳しい表情になる。

「雲には禍津日神や大量の眷属がひそんでます」

「ああ。俺が進路を拓く。灰桜はカヤの安全を確保してくれ」

灰桜へと渡されながら、萱野は緋角に訴えた。

「足手まといになるのはわかってるが、俺も白鳥のところに連れていってほしい」

「――いいだろう。傍にいたほうが確実に守れる」

緋角が石竹や東雲、赤鬼たちに向けて声を張る。

「白鳥を捕獲しにいく！　戦える者はともに来てくれ」

紅い弾丸の如く飛翔を始める緋角のあとを、赤い塊になりながら赤鬼たちが追随する。灰桜にかかえられた萱野もまた、そのなかに呑まれた。

白鳥が作る雲の渦の中心部からかなり離れたところで、鬼たちは垂直に雲のなかへと突っこんだ。とたんに雲のなかを稲妻が走り抜け、無数の敵が群がってきた。赤鬼たちが手にした斧や鋭い爪で迎え撃つ。

灰桜は萱野を抱きかかえながら、ときおり片手で槍カンナを振るう。

雲を抜けると頭上に夜空が広がった。煌々《こうこう》と照る月明かりのなか、敵味方入り乱れての戦闘が展開される。敵は禍津日神から眷属まで数えきれなかったが、一騎当千の緋角は宣言したとおりに二本の刀を両手使いして、道を切り拓いていく。

そうしてスカイツリー上空を目指していた鬼の軍の陣形が、ふいに大きく崩れた。赤鬼たちが巨大な鞭《むち》のようなものに叩き飛ばされる。ぶわっと颪が起こり、萱野をかかえた灰桜の身体が宙で何回転もしてからなんとか体勢を立てなおす。

萱野は攻撃してきたものへと視線を向け、目を瞠《みは》った。

「り…龍？」

まるで水中を渡るウミヘビのように長い身をくねらせながら、巨大な龍が空を泳いでいた。その尾がふたたび鬼の群れへと襲いかかり、萱野のほうへと迫ってきた。直撃されたら、ただの人間にすぎない萱野の肉体は潰れ果てる。灰桜が懸命に避けようとするが、間に合わない。

凄まじい衝撃を予期して全身を硬直させた萱野はしかし、龍の絶叫を耳にした。

見れば、龍の尾は緋角の二本の刀でがっちりと挟まれ、断ち切られようとしていた。尾に意識を取られている龍の頭部へと石竹が巨大な斧を振り下ろす。

落下していく龍の凄まじい咆吼に、敵の軍勢までも恐れをなして退く。

「このまま白鳥のところまで駆ける！」

敵のものなのか自身のものなのか、そう叫ぶ緋角の身体は真っ赤に染まっていた。紅い髪を流れ星のように引きながら、緋角がふたたび加速していく。灰桜も全力であとを追う。

しかし、途中から横からの風圧に押し流されそうになった。

高速で円を描いて渦を作っている白鳥へと近づいているせいだ。

上空の冷たい空気を猛烈に浴びせられて、目もよく開けられない状態になる。

「結界を厚くしますね」

灰桜がそう言ったかと思うと、いくらか風が和らぐ。

瞼を開けたとたん、強烈な光に目が眩んだ。空気を切り裂く音が立てつづけに生じる。

緋角の左手の刀が雷を巻きつけながら白鳥に襲いかかる。大きな翼が風圧で雷と刃を退ける。二本の刀に交互に狙われた怪鳥が翼を鋭く動かすたびに雲が生まれ、緋角に巻きつく。どうやらそれは粘度のある雲らしい。緋角の動きが鈍くなる。

その雲が千切れるほどの速度で緋角が中空を縦横無尽に駆けては、あらゆる角度から白鳥へと斬りこんでいく。怪鳥がギャッと短い声をあげた。刀に肉を抉られたらしい。鳥は大きく身体を旋回させたかと思うと、緋角の脇腹を鋭い爪で掴んで揺さぶった。

「緋角っ」

萱野が灰桜の腕からもがき出るようにして叫ぶ。

次の瞬間、稲光が白鳥の身体を包んだ。緋角の左手の刀が白鳥の腿に突き刺さっていた。

ふたりの身体が互いを突き飛ばしあって離れる。離れてから、またぶつかっていく。

スカイツリーの頭上で、赤い軌道と白い軌道とが激突する。それは加速度的に速さを増していき、萱野の目では追い切れなくなる。

白鳥に加勢しようと寄ってくる眷属の鳥たちまでも、白鳥は容赦なく叩き落としていく。

それは緋角のほうも同じで、赤鬼たちも戦いに加わることができずにいた。

この一騎打ちは、果たしてどちらが優勢なのか。

息を詰めて戦況を見守ることしかできない萱野の唇から、細く息が漏れた。

ぐっと白鳥の動きが弱まったのだ。

いまや彼の白い羽毛は紅く染まりきり、滞空していられるのが不思議なありさまだった。

片や緋角のほうは攻撃の手をゆるめない。猛る戦闘本能に支配されてしまっているようだ。二本の刀で白鳥を切り刻もうとする。

萱野は慌てて灰桜に請うた。

「頼む、緋角の近くに行ってくれ！」

灰桜がふたりの軌道から避けながら、なんとか緋角に接近する。

近づくと、緋角が嗤っているのがわかった。白目の部分までも真紅に染まっている。

「緋角、白鳥を殺すなっ‼」

萱野が声を張り上げるのに、緋角はふたたび白鳥へと突っこんでいく。紅く染まった羽毛が大量に飛び散る。

「緋角緋角っ……、灰桜もう一度、緋角のところに」

「でも、あの緋角様を止めるのは無理です」

「止めないとならないんだ。白鳥を死なせるわけにはいかない」

「わかりました」

ふたたび灰桜が緋角の傍へと飛んだ。しかし緋角はふたたび白鳥へと向かっていこうとする。

「緋角、頼むから止まれっ」

萱野は灰桜の腕から身を乗り出した。両手を緋角へと伸ばし——大きく身体を空中に跳ねさせた。

上空六百メートルに身を投げ出す。

灰桜が悲鳴をあげた。

緋角の肩に指先が触れたが、掴まることはできなかった。スッと身体が下へと滑る。真紅

一色の双眸が落下する萱野へと向けられた。その眦が裂けそうなほど見開かれる。

「ヤ……カ、ヤ――っ」

緋角が鋭い角度で滑空する。刀を一瞬にして吸いこんだ手で萱野を掴もうとする。

――ぁぁ…。

必死に自分の命を繋ぎ止めようと手を伸ばしてくる緋角の姿に、萱野の胸は張り裂けそうになる。確かに、前にもこんなことがあった。

――あの時だ。

まるでずっと閉じていた目を開いたかのように、五百年前のできごとが雪崩れこんできていた。

まだ二十歳ぐらいの緋角が、泣いている。

睫の一本一本に絡む涙。きつく歪んだ眉。紅い眸の色が零れる涙にも染みている。まるで置いて行かれる子供みたいに泣きじゃくっている。

自分がいかに彼を大事にしていて、どんなふうに苦しめたのかまでも、なにもかもを思い出す。

愛しさが、今生のぶんも重く激しく募っていく。

萱野は強く緋角へと手を伸ばした。

幾度も指先が触れそうになっては離れ――ガッと手首を掴まれた。そのまま中空で抱き寄せられる。緋角の腕のなかにきつく仕舞いこまれる。

凄まじい鼓動が身体中に響く。

それは萱野の鼓動であり、緋角の鼓動だった。

「カヤ、なにをしてるっ」

「……緋角……緋角」

間近にある顔をもどかしく見詰める。

緋角もまた喪《うしな》いかけたものを確かめるように、懸命に見詰め返してくる。

そんなふたりの視界の端を、力尽きたらしい白鳥が落下していった。石竹が急降下して、羽交い締めにするかたちで確保する。そのまま第二展望台の屋根の部分へと降りる。緋角も萱野をかかえて、そこに降り立った。

「すまん、我を忘れた。白鳥の息はあるか？」

「おう。命は繋ぎ止めたようだぞ」

緋角が安堵の息をついて続ける。

「しかし、寧近のほうをどうするかだな」

「このまま、白鳥だけ牢獄に連れて行く」

萱野の言葉に、緋角が怪訝な顔をする。

「白鳥だけでは意味がなかろう」

「白鳥だけでいい。俺を信じてくれ」

「――わかった」

緋角は味方の神霊や赤鬼たちに、スカイツリーに取り憑いているモノたちを蹴散らして人界の被災を最小限に食い止めることを頼んだ。

禍津日神たちを庇護していたジェルのような暗雲は消え失せ、スカイツリーの全貌が露わになっていた。鉄骨に取りついたモノたちがうぞうぞとひしめきあっている。

そんななか大量の烏が白鳥を奪還しようと第二展望台に向けて波打って上昇してくる。その黒い波に追いつかれる前に、緋角たちは白鳥を連れて空を疾走しはじめた。

十一

美しい節度で反った大きな軒を持つ流れ造りの社が、青い月明かりと赤い松明の炎にまだらに照らされる。

社の正面にある観音開きの扉は開け放たれている。

その扉へと続く階段《きざはし》に緋角《ひずみ》と萱野《かやの》は並んで腰を下ろしていた。周囲には見張りの鬼たちが数多くいるはずだが、結界内部にはふたりしかいない。

「寧近《やすちか》は来ると思うか？」

萱野は社の周りに敷かれた白い玉砂利《たまじゃり》へと目を伏せたまま頷く。

「かならず来る」

三日前に捕獲した白鳥《しらとり》はいま、背後の社の奥に拘束されている。

萱野が立てた計画は、白鳥を囮《おとり》にして寧近を誘き寄せ、神の牢獄に封印する、というものだった。

そのためには所在不明の寧近に、白鳥が拘束されている神の牢獄の場所を伝える必要があった。神霊と、神霊の棲み家である依代とは遠隔で会話をすることができる。しかし囮にされている自覚のある白鳥は、寧近にみずからの居場所を決して伝えようとはしなかった。

ふたりが遠隔の会話でなにを話したかはわからないが、昨日になって、カガチに寧近から呼びかけがあった。ずっとカガチを遮断していた寧近が求めてきたのは、白鳥の置かれている状況と居場所の情報だった。

カガチは寧近に、神の牢獄の場所を教え、ひとりで来たら白鳥を助ける機会を与えると伝えた。

「私には、白鳥が寧近の囮になれるとは思えない」

緋角が階段の斜度に背を預けて、軒越しに夜空を見上げる。その緋角を、萱野は見下ろす。

「五百年前、緋角は引っ掛かった」

紅い目が萱野へと向けられ、歪《ひず》んだ。

「――まさか、カヤが自分自身を囮にするとは思わなかった」

「俺は、緋角が来るとわかってた。確信して、お前を罠に嵌めた」

緋角とすごした前世は戦ばかりの時代で、ひとびともまた疑心暗鬼に陥っていた。それは萱野が生まれ育った土地でも同じで、負け戦も飢饉《ききん》も流行《はや》り病もすべてが近くの山に棲むという鬼のせいにされていた。鬼は人を喰らうとも噂《うわさ》されていたが、少なくとも赤鬼たちが里の人間を食べたり危害を加えたりすることはなかった。

じかに鬼の姿を見た者はいなくても、その存在は信じられていた。

萱野――カヤが赤鬼たちと出会ったのは、五歳のときだった。山に遊びに行って迷子になったのだ。鬼たちはとても親切にしてくれて、カヤを里の近くまで送ってくれた。

それからというもの、カヤは里の者たちの目を盗んでは赤鬼たちのところに遊びに行くようになり、彼らから大工仕事や規矩術《きくじゅつ》を習った。

緋角は赤鬼たちの若き長で、カヤのことをとても可愛がってくれた。カヤも緋角のことが大好きで、彼に贈り物をした。緋角に似せて作った木彫りの細長い像だ。緋角はとても喜んでくれた。

カヤが子供から若者になっても、緋角はずっと二十歳ぐらいの青年のままだった。人と鬼の歳月の尺度の違いをひどく哀しいと思ったころに、緋角に抱かれるようになった。

宮造りの大工として土地を渡り歩くようになってからも、里に帰るたびに緋角と情を交わした。

しかし大きな戦と大飢饉に見舞われた年、里の者たちは山に押し入って鬼狩りを決行した。思えば、あの時ひとびとは禍津日神《まがつひのかみ》と化していたのかもしれない。その破壊力は凄まじく、静かに暮らしていた多くの鬼が惨殺された。

それをなんとか止めようとしたカヤに、里の者たちは条件を出した。

赤鬼の棟梁を封印すれば、鬼殺しをやめてやる。

そしてカヤは、緋角を封じるための社を建てた。

緋角にはふたりで暮らすための家を建てたのだと告げた。

「カヤは、本当に、残酷だった——私はずっと一緒にいられると、阿呆《あほう》みたいにぬか喜びしていた。鬼の理も、人の理も、私たちなら越えられると信じていた」

「……緋角」

つらくてたまらないように瞼をきつく閉じている緋角へと、萱野は上体を被せた。横に固く引き結ばれている唇にそっと口づける。緋角の口許から力が抜けていくのを静かに待つ。

唇がやわらんだころに顔を上げると、緋角はゆるく目を開いていた。頬に細く涙が伝っている。

胸の痛みとともに、ずっと考えていたことがかたちになりかけようとしているのを萱野は感じる。

――俺が緋角に遺《のこ》したいものは……。

ふいに、緋角が身体を起こした。鳥居のほうを凝視する。

振り返ると、そこにふたつの人影があった。まるで親子みたいなシルエットだ。萱野は階段から立ち上がって迎えた。繋いだ手で真壁《まかべ》を引っ張りながら、カガチが小走りに駆け寄ってくる。

「慌てて、どうかしたのかい？」

尋ねると、カガチが愛らしい顔に真剣な表情を浮かべた。

「寧近様が、来る」

「え？」

「結界の外の見張りたちに警戒するように言っておいたけれど」

緋角が階段に座り直して、視線を鋭くする。

「手勢を引き連れてくるのか？」

「わからない。でも白鳥を奪還するつもりでいるのは確かだと思う――」

カガチがビクッとして振り向いた。

四人の視線が集められた鳥居を下に、寧近が静かに佇んでいた。

白いスタンドカラーのシャツに白いスラックスといういでたちで、ずいぶんと痩せてしまっている。その様子は幽界に入りかけている人のようだった。

緋角が立ち上がり、正面から寧近を見据える。

寧近はゆっくりとした足取りで進んでから立ち止まり、社を鑑賞した。その目が萱野へと向けられる。

「見事な神の牢獄だ。以前のものよりも厳かで美しい」

緋角が険しい顔つきで問う。

「ひとりで来たのか？」

「ひとりで来ないと白鳥を殺すと、カガチに脅されたので」

寧近の視線を向けられたカガチが、小さな背中で真壁を守る。

「そんな言い方、してない」

「お前は愛人のせいで、すっかり腑抜けになった」

咎めたあと、寧近は自嘲《じちょう》めいた表情を浮かべ、社を見上げた。

「白鳥は、このなかか」

「ああ。社の奥に拘束具で繋いである」

「そう」

体重のないような足取りで進み、階段を数段上った寧近が、振り返るように横顔を晒した。嘲《あざけ》りの表情が滲む。

「私がなかに入ったら、この扉を閉めるつもりだろうけれど、私が隠れようが禍津日神たちはみずからの意思で、人界を攻撃しつづける」

「それは仕方ない。人として、受けるべき咎は受けるしかない」

寧近がさらに首をねじって、萱野の顔を直視した。

「人界が被害を受けてもかまわないと?」

「かまわないわけじゃない。それでも引き受けるべきものを引き受けないと——共存共栄の道は辿れない」

藍染《あいぞめ》の口癖だというその言葉が、自然と口から出ていた。

しかしそれは前世の自分が望んでいたことでもあった。

人の理も鬼の理も越えて、ともに栄えることのできる世界を自分は望んでいた。いつかそんな世が訪れるのではないかと希望を託して、緋角を未来へ送るために安全な社に封印したのだ。

萱野は見詰めてくる寧近に告げた。

「白鳥の拘束具は解除できるようにしてある——その拘束具を解除すれば、社の扉は自動的に閉まって牢獄になる」

「カヤ、それを教えるのはっ」

「いいんだ、緋角。これは罠じゃない。彼が選ぶことだから」

かつて自分は、緋角を騙して罠にかけた。

自分自身を社の奥に拘束して囮となり、緋角を誘いこんだ。そして、緋角がその拘束具を解除したとき、幾重にも組まれたカラクリが作動して、社の扉は固く閉ざされた。

ふたりで、神の牢獄の囚人となったのだ。そして自分は、そこで緋角に看取《みと》られて死んだ。

緋角を人間から守りたかったのは事実だ。

しかしせめて、騙《だま》すのではなく選ばせてやればよかったと、号泣する緋角を最期に見て後悔した。

萱野は寧近に微笑した。

「自分で選択してくれ」

「――――おかしな男だ」

寧近は呟くと、そのまま社のなかに消えていった。

それから、どのぐらいたったころだったか。

社の扉が静かに閉ざされた。

終

死刑囚・萱野納《かやのおさむ》が脱獄してから二年がすぎた。

マスメディアはネタ切れになると、思い出したように萱野の話題を振る。しかし萱野の建築物が放火されることもなくなり、いまでは死亡説が有力なようだ。

もう人間の社会で生きることはできないから、鬼籍に入ったも同然で——実際に鬼のところに籍を置いている。

山の中腹に、トンテンカンと心地いい大工仕事の音が響く。

上半身裸の緋角《ひずみ》が夕空へと伸びをした。

「今日はそろそろ仕舞いにするか」

石竹《せきちく》が応《おう》と答える横で、東雲《しののめ》が「あー、腹減ったぁ」と喚く。ほかの赤鬼たちも仕事の片づけを始める。

さしがねを手にした萱野は、山腹を渡る夏の終わりの風に目を閉じる。汗が伝う肌をなぞられるのが心地いい。

大工道具を仮小屋のなかに仕舞って、山道に出る。

「なかなか壮麗な景色だ」

緋角が振り返りながら満足げに言う。

萱野と石竹、東雲も立ち止まり、自分たちが積み重ねてきた仕事を眺める。

流れ造りの大きな社の背後に、いくつもの小ぶりな社が並ぶ。すべての社は鳥居の道で繋いである。稲荷《いなり》大社に着想を得た、禍津日神《まがつひのかみ》たちのための社の群れだ。

人間が奪ってしまった社の代わりに新たな社を造りたいと緋角に申し出たのは萱野だった。

社に隠れる前に寧近《やすちか》が言ったとおり、禍津日神たちが大人しくなることはなかった。ただ寧近を依代としている禍津日神たちは、かすかながら彼の気配を感じるのだろう。自然とこの近辺によく現れるようになった。そんな禍津日神たちが少しでもゆるりとすごせればいいと考えたのだ。

それが結果的に功を奏したのか、ここのところは酷い天災や不審な事故もずいぶんと減ってきた。

萱野は微笑する。

人間の社会で建物を造ってきたときの枯渇感が、いまは嘘のようにやわらいでいた。それはたぶん、自分が本来なすべき仕事に打ちこんでいるからなのだろう。

自由で、満たされる仕事があって、……緋角と暮らせている。

その贅沢さを噛み締めながら、新たな生活拠点となっている館へと続く道を下っていくと、向こうから鬼の女をふたり連れた灰桜《はいざくら》が歩いてきた。東雲が兄に駆け寄って、腕にかかえている大きな風呂敷包みを解こうとする。

「腹ぺこ。なんか、摘《つま》ませて」

「ダメだよ、これはお供え物なんだから」

寧近と白鳥が籠もっている社、それに連なる社の群れに供えるための料理だ。朝夕の二回、配られることになっている。

「なんだよ、ケチ」

「配り終わったら、すぐに夕餉《ゆうげ》にするから」

「じゃあ、ちゃっちゃとお供えすませよう。俺も手伝う」

そう言って東雲が灰桜の腕から風呂敷包みを取り上げて、いま来た道を駆け上りだす。

「ちょっと、東雲待てってば！」

灰桜と鬼女ふたりが東雲を追って慌てて走りだすのを、萱野たちは笑いながら眺めた。そこから坂をさらに下りて館の前まで行くと、外壁に沿って置かれた竹作りの長椅子に大人と子供が並んで腰掛けていた。

萱野はパッと明るい表情になって、足早に近づきながら声をかける。

「真壁《まかべ》先生、いらしてたんですか。カガチも久しぶりだな」

ふたりはいま、戸ヶ里《とがり》教授の仕事の手伝いをして全国を飛びまわっているのだ。

真壁が立ち上がって穏やかな微笑で応える。

「萱野さんもお元気そうで、なによりです。近くを通りかかったので寄らせてもらいました」

「小一時間で夕餉だ。お前たちも相伴《しょうばん》するといい」

緋角の提案は受け入れられ、湯を使ってから館の広間で宴会となった。

夜も更けて、これから東京まで帰るというふたりを見送りに出た萱野は、真壁にいまさらながらに謝った。

「俺の弁護を担当したせいで、先生をいろんなことに巻きこんでしまいました。不自由な生活を強いることになってしまって、本当に申し訳ありません」

真壁は萱野と同様に、もう日本国内においては普通に暮らすことはできないのだろう。

頭を下げる萱野の肩に、真壁がやわらかく手を添えた。

「やめてください。むしろ萱野さんには感謝しています」

「感謝？」

「萱野さんのお陰で、カガチと出逢うことができました。こうして彼と一緒に、とても自由に生きられています」

カガチが真壁の手を握って、蛇の仕草ですり寄る。

「僕もお前に感謝をしているよ、萱野」

ふたりの澄んだ笑顔に、萱野もまた頬をゆるめた。

それからカガチは蛇に変化すると、真壁を丸呑みして腹に収め、まるで水中を泳ぐ海蛇のように夜の空を渡っていった。

見送りを終えて部屋に戻ると、緋角が膝高窓に腰掛けて酒を愉しんでいた。

「お前も呑め」

緋角の足元には酒器の載った盆が置かれていた。萱野は窓辺の畳に膝をつき、ぐい呑みで果物の匂いのする酒を味わいながら窓の外を眺めた。

この三階の窓からは山腹がよく見える。

月光に青白く照らされた社の群れ。

緋角もまた神の牢獄へと視線を向けながら呟く。

「少しばかり、羨ましい」

「なにが？」

「白鳥と寧近がだ」

「え？」

「お前の造った牢獄は、吹き抜けや中二階があって、けっこうな広さがある。鏡を多用して反射光を使った採光もよく考えられている。綺麗な地下水も汲める。そのうえで、灰桜の美味《うま》い料理が上げ膳据え膳だ」

前世で造ったとき、どうすれば緋角に少しでも快適に暮らしてもらえるかと心を砕いて設計したのだ。

今生も自分が囚人生活を送っていただけに、いかにして環境を整えるかを考えた。

「あの牢獄に、好いている者と長く籠もれるのならば、天国だろう」

緋角の横目に怨嗟がちらつく。

「前の世で、お前はあっさりと死んだがな」

あれは大飢饉の後で、里の者も多く餓死《がし》していた。充分な供え物が用意されることはなく、カヤは一年足らずで落命した。

緋角にしてみれば、自分を罠に嵌めるために、カヤが命を粗末に扱ったように思えたのだろう。

「……緋角、俺にまた神の牢獄を造れと言った初めの理由は、なんだったんだ？」

「ひとつ目の理由は、造っているうちにカヤが前世のことを思い出すかもしれないと考えたからだ」

「ふたつ目は？」

「またお前と神の牢獄に籠もりたかったのかもしれない」

「――」

「人間の命は、いずれにしても短い。それならば、その一分一秒をすべて自分だけのものにしてしまいたい。牢獄のなかで、私はお前を失って魂が千切れるような苦しみを味わった。しかしいま思えば、あの苦しみは完璧な牢獄でともにすごせた一年ほどが至福だったことの裏返しだったんだろう」

萱野は頭の芯が熱くなるのを感じる。

建築家としても男としても、心が震えた。手指も震えて、底の湿ったぐい呑みが畳へと転げた。

窓枠に腰掛けている緋角の、開かれた脚のあいだに身体を入れる。その腹部へと額をくっつければ、雲紋が織り出された薄紫色が視界に広がる。

襦袢越しに、腹部の筋肉の感触や体温が伝わってくる。

まるで子供にそうするみたいに、緋角が頭を撫でてくれる。その指が髪の狭間を抜けて、項《うなじ》にひたりと触れる。そこに並ぶ七つの骨をひとつずつ辿られる。

温かくてこそばゆい痺れが、頸椎《けいつい》から全身へとじんわりと拡がる。精神的な幸福が、肉体的な興奮へとゆるやかに連結されていく。

緋角が項を押したのか、それとも萱野自身が顔を伏せたのか。

「ン…」

口許に、硬くなりかけたものが触れていた。萱野の唇は自然と開き、襦袢ごとそれの側面を咥えた。顔を横に動かして、それの付け根から先端までを行き来する。その距離が次第に長くなり、唇を跳ね返す力が増していく。

手で裾を開くまでもなく、勃起に押し退けられて襦袢の前が自然と割れる。唇にぬるつくなまなましい器官が触れた。先端の割れ目を強弱をつけて啜ると、先走りが口内に流れこむ。

馴染んだ味にゾクゾクする。

唇を捲るように開いて頭から含んでいくと、幹が角度を増した。口蓋をもったりした感触に押し上げられて、自然と顎が上がる。緋角と目が合う。

歯列の裏を亀頭でくすぐられた。

「ん…ん」

弱い場所を刺激されて、唾液がたくさん溢れる。男を咥えている口の輪に体液が滲む。ただでさえ腫れたような質感の唇が、欲情で粘膜の色になる。

「卑猥《ひわい》すぎる」

咎めるように言いながら、緋角のひんやりした指が唇をなぞり、めくる。陰茎を銜えこんでいるさまを観察されてしまう。口なのに、秘部を眺められているかのような羞恥を煽られた。

しかも緋角は冷ややかにも見える整った顔に、弄ぶ側の余裕の表情を浮かべている。それを崩してやろうと、萱野は両手を幹に添えた。左右の親指で裏筋を挟むようにして、根元から先端へときつくなぞる。なぞり上げるたびに、とろみのある液が先端から漏れる。

「う…」

緋角が腰をよじって喉を鳴らした。

片手で裏筋を圧したまま、もう片方の手を襦袢のなかに差しこむ。そこで重く凝っている一対の種袋を手指で転がし、捏ねる。双つを一緒くたに握って、玉同士を擦りあわせる。

萱野の身体を挟む筋肉質な長い脚が、畳を踏み締めてはビクッと跳ねる。その跳ねる間隔が短くなっていく。

「カヤ…」

甘く濁った声で名前を呼ぶと、緋角が唇を噛んだ。

このまま口内で果てるのだろうと構えたが、しかし急に唇から性器を抜かれた。丸く口を開いたまま、両肩を緋角に掴まれて仰向けに押し倒される。

「緋角、…ぁ」

襦袢の裾を毟るように乱されて、両膝の裏に手を差しこまれた。腰が畳から浮き上がる。身体を深く折り曲げられ、腿を開かれた。下着は着けていないから、性器から尾骶骨《びていこつ》までがすべて剥き出しになる。

引っ繰り返された姿がみっともなくて苦しくて、萱野は抗おうとしたが、緋角に体重をかけて圧《の》しかかられれば、もう身動きが取れない。すでに勃起しきっている萱野の茎が蜜を零す。

緋角が命じる。

「自分の手で拓け」

「――」

「私を欲しがっている場所を、拓いてみせろ」

淫らすぎる要求だ。

そう思うのに、萱野はぎこちない動きで、両手を開脚させられている自分の脚のあいだへと伸ばした。

いつになく乱れた緋角の呼吸に、萱野の呼吸も引きずられて、忙しなくなる……淫蕩な欲求に流される。

孔の縁に指を置き、外側へと力を籠める。窄まりがなかばめくれるようにして、くぷりと口を開ける。その姿を紅い目に凝視される。

「カヤのなかが丸見えだ」

「緋角っ」

「縁もなかも、もの欲しげに震えてる」

「う う…」

言葉と視線だけで、臍《へそ》の奥が収斂して、後孔がヒクつく。

「――もう、見るなっ」

見るなと言いながらも、みずからの指であさましい欲望を晒しつづけていた。頭の芯も身体の芯も、いまにも蕩《とろ》けてしまいそうなほど熟んでいる。

萱野が大きく喉仏を蠢かして、呟く。

「それなら、見えないように塞いでやろう」

「え…、ぁ…」

粘膜の縁と指先に、熱い重さを覚える。

緋角が前傾に倒れこむ姿勢で、真上からペニスを宛がっていた。

「…あ、…あっ」

厚ぼったい亀頭が粘膜のなかに、わずかに沈む。

「カヤ…ん、…っ、きつすぎる――」

余裕のない声で責められて、さらに窄まりを指で拡げた。襞が伸びきり、段差の高い括《くび》れまでを受け容れる。粘膜の浅い場所にぎっしりと亀頭を詰められて、身体全体がビクビクと跳ねた。

「く、っ、締まる…っ」

緋角のものがいつもより大きく、萱野のなかがいつもより狭まっているせいで、結合部分がみっちりと癒着《ゆちゃく》してしまっていた。その状態で揺さぶられて、萱野は緋角に訴える。

「奥――もっと、奥、まで」

訴えとは裏腹に、粘膜が貪婪に男に噛みついて動きを阻む。

緋角が苦しげな艶を滲ませて、眉根をきつく寄せる。

「奥まで欲しいなら、自分の手で挿れてみろ」

「……、……」

躊躇いはすぐに、渇望に蕩かされた。

丸くこじ開けられている結合部分を指先で辿ってから、幹へと触れた。緋角のものは信じられないほど怒張していて、このまま入るとはとうてい思えないありさまだった。

それでもどうしても奥まで辿り着いてほしくて、両手で幹を掴み、体内に送りこもうとする。

ぬるつく器官が手のなかでずるずると滑るのがもどかしい。掌が摩擦で熱くなっていく。体内のペニスがさらにググッと体積を増すのを感じて、萱野は折り曲げられた脚をビクつかせる。

「い、やだ――……太すぎて、入れ、られないっ」

非難しながらも、萱野は朦朧となったまま緋角のものを激しく扱く。

呼吸を崩した緋角が、つらさと快楽の入り交じった顔で呟く。

「お前は、どこまでも私を捕える…」

「ん…あ」

萱野の膝の裏を、緋角が掴みなおした。腰をさらに高く上げさせられて、後頭部と肩甲骨だけを畳につける姿勢になる。

緋角が結合部分に体重をかけた。

「ひ、っ、ぁ――」

癒着した粘膜を奥へ奥へと巻きこみながら、陰茎が深々と入ってくる。それを握ったままの萱野の手に、男の叢《くさむら》が触れた。圧迫されて、指が一本ずつほどけていく。

もう数えきれないほどしてきた行為だが、ここまで深く繋がるのは初めてだった。恐怖と期待に身体がわななく。

「……カヤ、もう少し、だ」

最後の指がほどける。

下肢が完全に密着した。

これまで触れられたことがなかった深部にまで、緋角が辿り着いていた。

いまにも内壁が千切れてしまいそうで、萱野は腫れきった唇で呼吸を繰り返す。ただ繋がっているだけで、恐怖と快楽が際限なく膨れあがっていく。

「緋、角…」

しがみつきながら、囁く。

「頼み…が、ある」

「…、ん…なんだ?」

「また、いつか離れたら、――俺を捜し出して、お前のことを思い出させてくれ……どんな酷いことをしても、いいから、かならず」

緋角の身体が震える。

「当たり前だ。忘れたままでいることなど、許さない」

緋い水をたたえている眸を萱野は見詰める。

ずっと考えていた。

いったい自分は緋角になにを遺せるのか。

「――俺は、短い今生を重ねることしか、できない。それでも、その一分一秒でも多くの『いま』を、緋角に、捧げたい……遺したい……」

「わかった、カヤ。何度でも」

緋角の身体が揺れだして、萱野の意識は細切れにされていく。

「ぁ…あ、ぁぁ…」

「カヤ――カヤ」

互いに、固くしがみつきあう。

たとえ細切れでも、「いま」を掻き集めて、積み重ねて、そうして自分たちは時間も越えて、望む世界を築き上げていくのだ。

了

あとがき

こんにちは。沙野風結子《さのふゆこ》です。

本作は「隠し神の輿入れ」から二年後の話となっております。

鬼の緋角×一級建築士の萱野。前世からの因縁物です。登場人物がけっこう多くて、しかもあっちこっちでエロしてるという盛り沢山となりました。鬼は人型なだけにそれほど異種姦という感じでもないですが、蛇は堂々の異種姦ですね。蛇の体の仕組みは面白くて、私は楽しかったです……私は。一緒に愉しんでくれた方がいるといいな。この「隠」の設定は大好きな異種姦がナチュラルに書けて幸せです。

萱野はスタート時点では、東京拘置所の死刑囚です。「隠し神」のスピンオフということでどんなのにしようかなぁと思い悩んでいたときに東京拘置所方面に用事があって、周辺を散策してるうちに話が自然と降りてきました。散策というと優雅な感じですが、散策中に小菅の町中でだいぶ迷子になってました。知らない場所で迷子になるのはわりと好きです。とはいえ、あの日は風がとても強くて体力消耗して、最後は夕陽の沈む荒川河川敷でぐったりしてました。

で、緋角と萱野に話を戻しますが、緋角は恋に一途です。萱野のほうが仕事人間なので、関係性としては緋角は萱野の帰る港という感じでしょうか。何度生まれ変わっても萱野は建物を造りつづけて、そして緋角と何度も出会い、彼のところに戻っていくと。緋角のほうが嫁ですね。五百年前から「仕事と私とどっちが大事なんだ⁉」と萱野に問い詰めたい気持ちでいっぱいだったことでしょう。

ビジュアル面では、緋角は僧侶や狩衣と華やかな装いなのですが、萱野は気がつくとスウェット率が高すぎです。囚人のうえに身なりをかまうタイプじゃないから仕方ないとはいえ……。

前作に続いてイラストをつけてくださった笠井《かさい》先生、今回もまた見惚れまくってしまう絵をありがとうございます！　雅さとエロティシズムが極まっていて、何度見てもじーっと見入ってしまいます。そしてラフのへちゃむくれの藍染に心を撃ち抜かれましたっ。

担当様、今回もたいへんお世話になりました。いつも丁寧にお仕事をしてくださって感謝しきりです。

そして、ここまで読んでくださった皆様、本当にありがとうございます。どこかしら愉しんでいただけるところがあったなら、そのために書きました！、という気持ちです。

＋　沙野風結子　＋　風結び　＋　http://blog.livedoor.jp/sanofuyu

ガッシュ文庫

隠り世の姦獄
（書き下ろし）

沙野風結子先生・笠井あゆみ先生へのご感想・ファンレターは
〒102-8405 東京都千代田区一番町29-6
（株）海王社 ガッシュ文庫編集部気付でお送り下さい。

隠《かく》り世《よ》の姦獄《かんごく》
2014年9月10日初版第一刷発行

著　者　沙野風結子 [さの ふゆこ]
発行人　角谷　治
発行所　株式会社 海王社
〒102-8405　東京都千代田区一番町29-6
TEL.03(3222)5119(編集部)
TEL.03(3222)3744(出版営業部)
www.kaiohsha.com
印　刷　図書印刷株式会社

ISBN978-4-7964-0611-6

KAIOHSHA　ガッシュ文庫

秘恋《ひれん》は咎《とが》に濡《ぬ》れ
Fuyuko Sano presents
沙野風結子
illust
笠井あゆみ
Ayumi Kasai
お堅そうなくせに、ずいぶんと情の深い孔をしてる
与党議員・藤末彰良の政策秘書を務める椋一。彼にとって従兄の彰良は絶対的存在だった。その彰良の汚職ネタを政敵の野党議員・四堂匡鷹に握られる。彼の新聞記者時代の弱味を探り当てて交渉に赴いた椋一は、四堂の逆鱗に触れ、身体を蹂躙され——。
傲岸な野党議員×与党議員の美人秘書、淫らな駆け引き。